LE TRIPODE

Littératures ■ Arts ■ Ovnis

DIRTY SEXY VALLEY

Olivier Bruneau

DIRTY SEXY VALLEY

LE TRIPODE

« Une histoire de sexe, de violence et d'épouvante, en des temps lointains où les tailleurs étaient jaune pastel, et les toisons luxuriantes... »

1

« Je veux poser ma tête sur ce cul, et y dormir pour le restant de mes jours... » Depuis le pied de la montagne, voilà à peu près la seule pensée qui avait traversé l'esprit de Pascal, et personne n'aurait pu le lui reprocher, puisque ce cul, idéal de rondeur et de fermeté épousant avec majesté son écrin, en l'occurrence un microshort en jean, il l'avait eu presque collé au visage pendant les deux heures qu'avait déjà duré la randonnée. Cela faisait maintenant trois ans qu'il était marié à Laurence, et alors que le couple progressait sur l'étroit sentier à l'ombre des pins brûlés par le soleil, Pascal ressentait une once de culpabilité : s'il ne l'avait bien sûr pas mariée que pour son cul, il devait convenir que cela avait été un facteur déterminant. Mais après tout, était-ce un crime d'être amoureux de sa femme aussi parce qu'elle avait le plus beau cul du lotissement ? Son amour pour elle s'en trouvait-il déprécié ? Rien n'était moins sûr. De toute façon, à cet instant précis, Pascal était incapable de raisonner, son esprit voguant des splendeurs de la pinède à celles des courbes impudentes de sa femme.

Arrivé à mi-pente, le couple décida de faire une pause et quitta le chemin pour s'enfoncer dans le sous-bois. Les ombres commencèrent à se dissiper à mesure qu'ils approchaient d'une clairière rocailleuse, qui offrait un panorama grandiose sur le massif dressé de l'autre côté de la vallée. Laurence fit quelques pas jusqu'à la lisière de la pente raide, étira son corps en tendant ses bras au-dessus de sa tête, puis elle posa les mains sur sa taille et accentua sa cambrure en se mettant sur la pointe de ses chaussures de randonnée, que prolongeaient de longues chaussettes blanches cerclées de bleu et de rouge.

— La vue est magnifique tu trouves pas ? dit-elle, sourire en coin.

Pascal s'essuya le front d'un geste fébrile avec son poignet-éponge de tennisman, puis se précipita sur elle, lui agrippant les fesses comme un rapace aurait refermé ses serres sur sa proie. Laurence fit mine de le repousser d'un air outré, avant d'attraper la nuque longue qui ponctuait sa coupe mulet, et de plonger sa langue dans les profondeurs de sa gorge. Pascal pressa son bassin contre le sien, son sexe tendu se hasardant déjà hors du court bermuda qui lui moulait les cuisses. Elle fit cesser le baiser en mimant une grimace.

— Tu vas te décider à la couper, cette moustache ridicule ?

Pascal lui mordilla gentiment le menton, puis la prit par la main pour la ramener vers le sous-bois, près d'un rocher derrière lequel il laissa tomber son sac à dos.

— Non Pascal, c'est pas une bonne idée. Pas ici, pas maintenant.

— Personne peut nous voir, on est loin des balises, on risque rien. Allez, je sais que t'en as envie autant que moi…

L'idée était tentante, Laurence ne se fit prier que par pur esprit de contradiction. Elle retira son tee-shirt de Fleetwood Mac, dévoilant des seins menus couronnés de tétons saillants. Mais tandis que Pascal étendait une serviette derrière le rocher, elle se dirigea vers le pin le plus proche, fit tomber son short à ses chevilles, posa ses mains sur le tronc rugueux puis se pencha en avant, formant un angle droit parfait avec son bassin. Ce cul que Pascal avait couvé des yeux durant l'ascension lui était désormais offert sur un plateau.

— T'attends ma permission ou quoi ? s'impatienta Laurence.

Il sourit et vint s'agenouiller sur le tapis d'épines roussies, puis planta son visage au creux de ses fesses et lécha son sillon avec appétit, avant qu'elle ne saisisse ses cheveux pour l'insinuer plus loin en elle. En partie rassasié, il se redressa pour libérer son sexe, qui se dressa vers le soleil au firmament. Laurence le prit avec douceur, lui fit caresser les boucles duveteuses de sa toison, goûter ses petites lèvres déjà humides, puis l'enfonça en elle dans un gémissement. Pascal posa les mains de part et d'autre de son cul merveilleux, les doigts de plus en plus crispés sur sa peau à mesure qu'il amplifiait ses coups de reins, tandis qu'elle se cramponnait à l'écorce afin de ne pas perdre l'équilibre.

Il accéléra peu à peu le rythme, lui attrapa la nuque et s'abaissa sur son dos, la prenant à petits coups secs et rapides. Laurence tapota sur sa hanche pour l'inviter à ralentir la cadence, ce qu'il fit, avant de poser les paumes sur ses seins et de lui pincer les tétons, attention à laquelle elle fut sensible. Il la fit ensuite se redresser, la gratifia de quelques va-et-vient, puis se figea soudain en elle, le plus loin possible. Trahissant par la fébrilité de sa voix l'imminence de son épiphanie, il lui souffla quelques mots à l'oreille.

— Je... je peux te jouir dans la bouche ?

— Pascal ! Tu sais que je déteste ça...

— Juste pour cette fois...

— Non ! Je t'ai déjà dit que c'était pas négociable.

— Tu sais que le sperme est excellent pour la peau ? Il paraît même qu'il a des vertus antidépressives...

Laurence poussa un cri et s'accroupit brutalement au pied du pin.

— Quoi, qu'est-ce qui t'arrive ?

— J'ai vu quelque chose bouger là-bas.

— Quoi, un animal ?

— Non, un type. Il nous regardait, j'en suis sûre...

— À quoi il ressemblait ?

— Je sais pas ! J'ai juste vu une silhouette bouger.

— Je vois personne. Dis-moi, tu ferais pas diversion à cause de ce que je t'ai demandé ?

— Pourquoi tu ramènes toujours tout à toi ? Y a un type qui nous mate là-bas !

— OK, OK, excuse-moi. On va se rhabiller.

— On n'aurait jamais dû quitter le sentier.

Laurence enfila short et tee-shirt, puis revint prestement sur les pas qui les avaient menés dans cette partie isolée de la pinède. Après un soupir de dépit, Pascal remit son paquetage sur son dos et prit la suite de sa femme.

Elle avait fait vingt mètres à peine quand son pied se tordit dans un trou dissimulé sous une couche de branchages. Deux secondes plus tard, elle se balançait à une branche de pin, la cheville enserrée par une corde, pendue la tête en bas un mètre au-dessus du sol. Passée la stupeur, Pascal ne put retenir un éclat de rire, ce qui la rendit furieuse.

— Viens me détacher abruti !

Il s'approcha pour jauger la situation. La corde était épaisse, et le nœud n'avait rien d'amateur.

— Mais quel genre de taré pose des pièges pareils, à cent mètres du sentier ? pesta Laurence.

— Des chasseurs, qu'est-ce que tu veux que je te dise ?

— Des chasseurs ? Et quel genre de gibier tu prends avec ça, à part des êtres humains ? Va chercher ton couteau, dépêche-toi...

— J'y vais. J'y vais tout de suite...

Mais il ne bougea pas, et fit descendre son regard jusqu'à son entrejambe, qui se trouvait à l'exacte hauteur de son visage.

— Dépêche-toi, ça fait un mal de chien !

— OK, je me dépêche !

Pascal ouvrit le zip du short de Laurence.

— Qu'est-ce que tu fous ?

Sans répondre il plongea ses mains sous le tissu, lui malaxa les fesses, puis fit glisser le short sur ses cuisses.

— Tu me le paieras Pascal, je te jure que tu me le paieras…

Il entoura la taille de Laurence, et couvrit de baisers les abords de son sexe. Elle se débattit pour s'en défaire, mais ses mouvements ne firent qu'accentuer la douleur à sa cheville, et elle se résigna à laisser la langue de Pascal se frayer un chemin jusqu'à son clitoris. Elle vint d'abord l'aguicher par quelques caresses, puis se fit plus vigoureuse, et alors que Laurence laissait échapper des soupirs de plus en plus puissants, il enfla peu à peu avant de laisser saillir sa roseur entre les poils noirs. Elle se saisit de la ceinture de Pascal, et la fit céder avec habileté.

— Je croyais que tu…

— Ferme-la. Juste… ferme-la.

Sans autre forme de procès, elle engloutit sa verge tout entière, le gland tapant contre le fond de sa gorge, avant de la déglutir couverte d'une épaisse salive. Pascal grogna de plaisir, puis replongea son visage entre ses cuisses, se délectant de la cyprine qui mouillait désormais ses lèvres en abondance. Laurence se cramponna aux fesses de son homme, les attirant à elle pour imprimer le rythme, l'incitant à lui baiser la bouche tandis que sa langue lui baisait la vulve. Elle avait du mal à retrouver son souffle, mais le plaisir, accentué par la douleur, était trop fort pour être interrompu.

Sans préavis aucun, elle sentit le corps de Pascal se raidir, puis un jet chaud au goût amer lui tapisser le fond de la bouche. Elle le repoussa mais il maintint son sexe dirigé sur son visage, et l'aspergea de filets de sperme enthousiastes, tout en poussant un long râle digne d'un cervidé.

— Putain Pascal ! T'es vraiment qu'un connard !

— J'ai rien senti venir, c'était trop bon ma chérie...

— J'ai même pas de mouchoir pour m'essuyer ! Allez, détache-moi maintenant... Putain j'arrive pas à le croire... Détache-moi !

Sexe pendant et dégoulinant, Pascal retourna vers l'endroit où il avait laissé le sac pour prendre son couteau. Tout ce qu'il vit à cet instant, ce fut le dos d'une pelle rouillée s'abattre à grande vitesse sur son visage. Après le bruit effroyable, il s'effondra comme un château de cartes.

— Pascal ?

La tête en bas, à demi nue, Laurence vit alors deux paires de vieilles godasses crottées s'approcher d'un pas paisible. Son cri de terreur traversa la forêt désespérément déserte, avant que la corde ne soit tranchée net d'un coup de hache.

*

Ce fut d'abord l'odeur qui la frappa. Comme si un parfumeur facétieux avait eu l'idée de mélanger des essences d'urine et de viande avariée, rehaussées de quelques notes d'œuf pourri. Et puis elle ouvrit les yeux, et découvrit autour d'elle une vaste cave aux murs en pierre de taille, où de rares rayons de soleil se posaient sur un capharnaüm sans nom. Des quintaux d'outils s'entassaient sur des étagères de fortune, marteaux, tournevis, tenailles, des scies et des couteaux venant égayer la collection, tandis que sur le sol étaient échoués des monceaux de ferraille, des batteries, des câbles à pinces crocodiles et des machines bricolées à l'usage non identifié. Mais surtout, dans les interstices entre ces amas d'objets, la terre battue était maculée de taches graisseuses, de sécrétions et de substances indéterminées, de déchets de peaux et de poils séchés, de traces rougeâtres semblables à des traînées de sang.

Un rat d'un beau gabarit jaillit de sous un générateur et traversa le cloaque, mais Laurence le regarda pourtant disparaître sous un tas de fils électriques avec indifférence. Non, ce qui la fit réellement sortir de son état semi-comateux, ce fut quand la réalité de sa situation la saisit enfin. Elle était nue, les poignets scellés à une plaque métallique par de larges cordes, tandis que ses jambes, auxquelles on avait laissé ses chaussures de randonnée, étaient appuyées au niveau des genoux sur des reposoirs, écartées, ouvrant son sexe aux quatre vents. Elle venait de se réveiller harnachée à une table d'examen gynécologique directement importée du Moyen Âge.

Elle entendit une sorte de grondement étrange, comme une suite de cris étouffés. Pascal était adossé à un mur, les bras étirés au-dessus de la tête pour former un Y avec son corps, les poignets enchaînés à des crochets plantés dans la pierre, et tentait désespérément de hurler au travers du bâillon poisseux qu'il avait entre les mâchoires. Le coup de pelle reçu à la tempe avait fait pousser un énorme œuf de pigeon entre les bleus et les croûtes de sang qui constellaient son visage, et sa coupe mulet avait subi de profonds attentats capillaires, sans doute réalisés à l'aide d'un sécateur. Laurence découvrit à ses pieds une petite flaque dans laquelle s'agglomérait la poussière du sol, et comprit d'où venaient les rances relents d'urine qui l'avaient en partie réveillée.

Les marches qui menaient à la cave grincèrent, et Pascal s'agita contre le mur. Dans son regard, Laurence ne lut pas une simple peur. Non, elle lut la peur authentique, originelle, pure à cent pour cent, qui faisait danser dans ses yeux une vraie lueur de démence. Apparurent l'une après l'autre les silhouettes de deux colosses, dont elle reconnut les godillots pleins de terre, avant de prendre en plein visage leur odeur, très voisine de celle de ces sans-abri qui parvenaient à vider en quelques secondes des rames de métro entières. Après avoir constaté que leurs vêtements, salopette bleue sur tee-shirt jaune pour l'un, chemise de bûcheron et jean usé jusqu'à la corde pour l'autre, avaient visiblement servi à nettoyer le filtre à huile d'un poids lourd, Laurence crut déceler chez les deux ogres, derrière la couche de crasse qui leur collait au visage, des traits pour le moins ressemblants.

— Je m'appelle Jules, dit avec une candeur désarmante celui qui était affublé d'une salopette.

— Et moi c'est Jim, poursuivit l'autre d'un air détaché, une casquette John Deere pleine de cambouis vissée sur la tête.

Jules et Jim. Est-ce que c'est le moment où je dois éclater de rire, avant qu'on me dise que tout ça n'était qu'une blague ? se demanda Laurence, avant de réaliser avec effroi qu'ils ne quittaient pas des yeux son entrejambe en pâture. Pascal poussa une nouvelle complainte, mais ne parvint qu'à geindre faiblement au travers du bâillon.

— Et toi, c'est quoi ton nom ? demanda Jules.

— Ne... ne me faites pas de mal, je vous en supplie...

— Je veux pas te faire de mal ! Je te demande juste ton nom !

— Lau... Laurence... Je m'appelle Laurence.

— Laurence, très bien. C'est un joli prénom, fit Jim. Laurence, à partir de maintenant, on va t'appeler « petite pute soumise ».

Jules pouffa, puis, tandis qu'elle se mettait à claquer des dents, se dirigea vers l'un des amas d'outils, aussi menaçants par leur aspect que par les bactéries qu'ils devaient porter. Cette fois

Pascal grogna avec fureur. Jim s'avança vers lui, et il se calma aussitôt, apeuré. L'homme à la casquette lui retira son bâillon.

— T'as quelque chose à dire ?

Pascal hésita, tremblant, puis se racla la gorge pour prendre la parole. L'enclume qui servait de poing à Jim s'écrasa à la pointe de son menton, et sa tête tomba sans vie sur sa poitrine.

— Putain de merde, mais où est-ce que j'ai mis ce truc ? s'énerva Jules, les mains plongées dans la pagaille d'objets.

Jim retourna vers Laurence, qui pleurait désormais à chaudes larmes.

— Ne nous faites pas de mal, on a de l'argent, on peut vous donner ce que vous voudrez...

— Ah, si tu savais combien de fois on a entendu ça ! On te veut pas de mal, comment faut te le dire ? C'est même le contraire. On veut juste ton plaisir. Par contre ton mec je peux pas me prononcer. Mon frère il a un faible pour les garçons, et il aime quand c'est brutal...

Jules leva la tête de son fatras de ferraille, l'œil noir.

— Tu sais que j'aime pas quand tu racontes ces bêtises, pourquoi tu continues de le faire ?

— Bon, tu le trouves ou pas ?

Jules brandit victorieusement une bouteille blanche en plastique souple pleine de saletés, puis alla fouiller dans l'établi. Jim vint pour sa part se placer au bout du lit de métal et s'approcha de l'entrejambe de Laurence, qu'elle tenta en vain de refermer.

Il promena sa paume lourde et démesurée sur son pubis, amusé de la sentir tressaillir, puis tenta de l'apaiser, la caressant plus doucement, comme il l'aurait fait avec un animal affolé comprenant qu'on le menait à l'abattoir.

— Tout va bien se passer, t'en fais pas...

Les yeux de Jim glissèrent sur sa vulve, devant laquelle il agita ses doigts noirs et huileux, dégageant les poils qui lui en masquaient la vue. Il la manipula avec la délicatesse d'un mécanicien effectuant la révision d'un moteur, étudiant ses contours et ses reliefs, puis hocha la tête à l'intention de Jules, l'air de dire qu'elle était bonne pour le service. Alors, dans un élan irrépressible, il avança son visage au plus près de sa fente, ouvrit une bouche dont Laurence put percevoir l'haleine putride malgré l'air ambiant irrespirable, et en fit jaillir une langue aussi longue et baveuse que celle d'un dromadaire. Elle eut un nouveau haut-le-cœur qui parut exciter Jim plus encore, ce dernier se mettant à laper son sexe comme s'il voulait n'en laisser aucune parcelle indemne, y répandant sa visqueuse salive.

D'abord paralysée par la terreur, Laurence surprit contre toute attente ses muscles à se détendre. La langue de Jim n'était pas la plus précise qu'elle ait connue, mais sa générosité et son côté enveloppant avaient quelque chose de protecteur, qui ne laissait pas son corps de marbre. Mais avant qu'elle ait pu discerner si elle éprouvait une esquisse de plaisir ou bien une simple baisse de sa tension, Jim se retira sans réprimer un rot guttural, tandis que son frère le rejoignait à la table avec un intriguant morceau de plastique froissé à la main.

— Ça y est, j'ai tout ce qui faut.

— Bien. À toi de jouer frérot.

Laurence vit Jules poser la bouteille blanche sur la table, juste à côté de sa tête.

— Qu'est-ce... qu'est-ce qu'il y a dans la bouteille ?

— Oh, ça c'est du gel pour inséminer les vaches, répondit-il avec un naturel confondant. On en avait une y a encore quelques mois, mais elle a eu la pneumonie. C'te bouteille elle était encore à moitié pleine quand la vache est morte, alors on s'est dit que ce serait dommage de gâcher. Et d'ailleurs on a eu raison, elle a bien servi depuis...

Il déplia son morceau de plastique, un manchon transparent qu'il enfila jusqu'à l'épaule, ouvrant et refermant ses doigts dans le gant qui en formait l'extrémité. Puis il répandit de bonnes rasades de gel sur toute la longueur de son avant-bras, pressant la bouteille dans un bruit de flacon de ketchup fatigué.

— Pas besoin d'en mettre au-dessus du coude, fit remarquer Jim.

Jules hocha la tête, puis vint prendre la place de son frère au bout de la table, face à l'intimité crûment exposée de Laurence, qui se mit à hurler comme si quelqu'un s'apprêtait à insérer son bras en elle, ce qui était le cas. Jim colla sa paume nauséabonde sur sa bouche pour la faire taire, tandis que Jules avançait lentement sa main en formant une sorte de faisceau avec ses doigts pour faciliter la pénétration, tâche chimérique tant chacun d'entre eux avait à lui seul la taille d'un pénis de dimension respectable. Son majeur avait atteint l'orée de l'orifice, quand on entendit un cri déchirant parvenir à la cave depuis l'étage.

— Les garçons, à table !

Jules suspendit son geste. Jim, la main sur les lèvres de Laurence, laissa échapper un lourd soupir, puis parut s'adresser à l'escalier.

— Mais m'man, on est en train de...

— J'ai dit à table !

Dépité, Jim ôta sa main du visage de Laurence en y laissant une trace maronnasse. Jules retira son manchon, puis le jeta sur le sol dans une rage sourde. Les jumeaux se prirent par l'épaule, se soutenant dans l'épreuve, puis se dirigèrent vers l'escalier. Une fois qu'ils eurent disparu et claqué la porte de la cave, Laurence préféra sagement s'évanouir. Personne n'aurait pu le lui reprocher.

2

Aux quatre coins du campus et à travers les âges, nul n'avait pu contester à Étienne Jeanbal, éminent professeur d'histoire médiévale, le titre honorifique que lui décernaient les étudiants année après année, titre qui ne faisait toutefois que peu de jaloux parmi ses confrères, puisqu'il était unanimement considéré comme l'enseignant le plus soporifique de la faculté. Sa voix chaude et vibrant sur la même fréquence qu'un ronronnement félin, son débit parfaitement monocorde, ainsi que ses notes débitées deux heures durant sans jamais lever la tête, faisaient en effet de son cours l'un des plus puissants anesthésiants du marché.

Ce jour-là, Jeanbal évoquait avec sa verve ordinaire la politique agricole des premiers Mérovingiens. Autant dire que le défi était de taille pour ceux qui s'étaient risqués à le relever, notamment pour ces six étudiants perchés dans les hauteurs de l'amphithéâtre, toujours liés comme un chapelet de perles, alignés sur la même rangée dans un ordre rarement remis en question.

Hortense, à l'extrémité bordant les marches, se montrait la plus tenace pour ne pas décrocher du cours. Trois couleurs de stylos, un surligneur fluo et une règle en métal étaient à sa disposition sur la table, outils indispensables à la rédaction des fiches bristol qui faisaient sa renommée. Jongler avec ces ustensiles lui permettait de ne pas se laisser bercer par la lancinante musique de Jeanbal, tout comme sa manie de rehausser sur son nez d'immenses lunettes derrière lesquelles elle donnait l'impression de se cacher. Maigre et peu portée sur la mode, Hortense flottait dans un chemisier jaune pâle boutonné jusqu'au cou, lui-même enfoncé dans un pantalon en Tergal remonté sous son nombril. La seule coquetterie qu'elle s'autorisait était une solide queue-de-cheval qui lui descendait jusqu'au creux des reins.

À sa gauche était accoudée Simone, qui luttait avec vaillance pour éviter que le rideau de ses paupières ne tombe. Bien qu'étudiante de bon niveau, elle ne réussissait à saisir que des bribes éparses du cours, profitant des notes d'Hortense comme de la perche d'un maître nageur. Belle et plantureuse métisse, elle était aussi spectaculaire que sa voisine était effacée. Sa volumineuse chevelure noire et bouclée caressait les épaules de sa veste en jean délavé, qu'elle portait sur un tee-shirt blanc à l'effigie de Debbie Harry bien trop cintré pour laisser respirer ses seins lourds, qui faisaient se retourner sur ses pas une part substantielle des garçons du campus.

Simone ne se faisait pourtant que rarement draguer à la fac, car elle était suivie en permanence par Stan, son petit ami, que l'on aurait aisément pu prendre pour son garde du corps, tant il restait toujours à moins d'un mètre d'elle, à détourner les regards de convoitise d'un œil noir. C'était une caricature de beau gosse universel, blond aux yeux bleus, grand et fort, capitaine de l'équipe de foot vêtu d'un indéfectible teddy bleu à manches jaunes. Et si lui aimait beaucoup les cours de Jeanbal, c'était moins pour la richesse de leur contenu que pour l'état d'assoupissement délicieux, à la lisière du sommeil, dans lequel le plongeait le flot apaisant de ses paroles.

Tom, son voisin de gauche, lui mit un léger coup de coude dans les côtes, qui le fit tressauter. Il parvenait pour sa part à suivre le cours, tant bien que mal, même si ses notes brouillonnes ressemblaient aux délires cryptés d'un psychotique à côté de celles d'Hortense. Bon élève mais dilettante, Tom était un nerd en voie de rémission, de cette condition il ne conservait que quelques pièces essentielles : coupe-vent bon marché, sweat-shirt aux coudes élimés, jean trop court, chaussettes dépareillées sur des chaussures de running... Ainsi qu'une fâcheuse tendance à refuser de grandir, comme en témoignait une petite acné persistante à vingt-deux ans passés.

Enfin, et pour fermer le ban, se trouvait un couple, Matt et Clarisse. Ils s'installaient toujours au bout du rang, voire un peu à l'écart, afin de profiter d'une intimité pourtant toute relative. Comme ce jour-là, où leurs notes étaient demeurées vierges depuis le début du cours. Clarisse portait un chemisier ouvert juste assez pour dévoiler le nœud de son soutien-gorge, et surtout une jupe pour le moins économe en tissu, sur des collants très fins qui donnaient à ses jambes un brillant satiné, véritable appel à la caresse. Si Clarisse n'était pas la plus belle fille de la fac, rares étaient les étudiantes qui pouvaient rivaliser avec son sex-appeal.

Matt ne réprimait jamais les pulsions qu'elle faisait naître en lui, quels que soient l'heure et l'endroit, et surtout pas dans un amphithéâtre bondé. Après avoir longuement admiré ses jambes croisées sous la table, il hasarda une main légère sur sa cuisse, et glissa le bout de ses doigts sur les mailles infimes, se délectant autant de leur toucher que de leur bruissement. Clarisse le repoussa d'un geste doux, mais sans ambiguïté, le regard dirigé vers Jeanbal, qui avait toujours le nez dans ses feuilles. Matt savait bien que cela n'était qu'un jeu de sa part. Il attendit un instant, pour la forme, puis fit tomber son stylo avec une maladresse surjouée. Il se pencha ensuite sous la table et, sans même s'intéresser à l'objet, entreprit l'ascension de la jambe droite de Clarisse. Il lui massa d'abord la cheville, patiemment, avec une délicatesse telle qu'elle fut parcourue d'un frisson, puis remonta ses doigts le long de son mollet pour atteindre le creux de son genou, où il fit jouer sur la peau voilée toute l'habileté dont il était capable.

Bientôt la respiration de Clarisse devint plus pesante, et plus vive. Elle se saisit de son poignet en jouant les outragées, puis tandis qu'il se redressait sur sa chaise ôta son escarpin, ouvrit les cuisses et posa sa jambe sur celle de Matt, avant de l'enrouler autour tel un serpent, scellant son emprise en enserrant sa cheville. Matt lui effleura la cuisse, puis se dirigea inexorablement vers son entrejambe ombré par l'étoffe tendue de la jupe. Dans un geste symétrique, elle tendit la main vers le bas-ventre de Matt, et fit sauter avec doigté le premier bouton de son jean. La taille se relâcha, et elle aurait aisément pu y plonger la main. Mais elle ne pouvait tout de même pas sortir le sexe de son petit ami en plein amphithéâtre, non ? Il y avait des choses qui ne se faisaient pas. Elle choisit plutôt de s'attaquer à son autre versant, et insinua ses doigts sous son caleçon. Matt pouvait sentir la chaleur entre les jambes de Clarisse se rapprocher quand il la toucha enfin du bout du doigt, déjà si trempée que la cyprine avait franchi la barrière du collant. De son côté, elle descendit un peu plus sa main, et s'aventura entre les fesses duveteuses de Matt, tandis que ce dernier lui flattait désormais la vulve, d'abord avec légèreté, puis en exerçant une pression graduelle. Clarisse, de plus en plus fébrile, se mit à haleter, puis finit par pousser un gémissement faible mais irrépressible, qui fit se retourner une partie de l'amphi. Matt retira sa main en catastrophe tandis qu'elle se redonnait une contenance, le rouge aux joues et le feu entre les jambes.

Ce n'était là qu'un contretemps. Après quelques instants sa main replongea sous le caleçon de Matt, gagnant peu à peu du terrain jusqu'à lui titiller subrepticement l'anus. Il laissa échapper un grognement de plaisir, et l'assistance fut à nouveau parcourue d'un murmure. Cette fois c'en était trop. Le couple paqueta ses affaires et se hâta de quitter l'amphi.

Leur départ étonna à peine le reste de la bande, même si les réactions furent contrastées. Tom arbora son plus bel air désabusé, tandis qu'Hortense restait focalisée sur le cours, en dépit d'un sourire un brin espiègle sur ses lèvres. L'attitude de Simone était quant à elle tout autre : elle ne quittait pas des yeux le couple qui montait les marches en riant, et faisait courir le bout de sa langue sur ses lèvres humides, la main crispée sur sa cuisse. Quand il s'en rendit compte, Stan se tourna vers Tom, agacé.

— C'est vraiment des animaux ces deux-là... Des putains d'animaux, voilà ce que c'est.

— Pourquoi ? Personnellement je trouve ça très sain.

— Bien sûr. T'aimerais bien te joindre à la fête.

— Parce que t'aimerais pas, toi ?

— Je sors avec la plus belle fille de la fac, tu te souviens ?

Simone était toujours absorbée par la fuite de Clarisse et de Matt, qui disparurent derrière les portes battantes.

— C'est elle qui aimerait bien se joindre à la fête, on dirait.

Stan décocha à Tom un puissant coup de coude, qui le fit vaciller sur sa chaise. Simone se tourna vers eux.

— Qu'est-ce qui se passe ?

— Rien, rien du tout, maugréa Stan.

Tom se contenta de geindre, tenant ses côtes endolories.

*

On vivait les derniers jours du printemps, et le chaud soleil donnait un éclat quasi publicitaire au vert des pelouses du campus, tout comme aux étudiantes vêtues de robes légères, dont les volants se soulevaient au moindre soubresaut du vent. Simone était assise entre les jambes de Stan, adossée à son torse puissant, tandis que ce dernier, les bras noués autour de sa poitrine pour bien signifier au monde qu'elle était sa propriété exclusive, était appuyé contre le tronc d'un des vieux marronniers du parc, qui avaient vu s'asseoir à leur pied des générations d'étudiants. Hortense et Tom étaient eux aussi dans l'herbe, prenant soin d'éviter tout frôlement intempestif. Ce dernier peinait à empêcher son regard d'être aspiré par le sillon des seins de Simone, qui ne portait plus que son tee-shirt. Hortense avait les jambes repliées sous elle, le maintien bien vertical, comme à son habitude.

La bande bavardait depuis quelques minutes quand Clarisse et Matt réapparurent. Ils marchaient vers eux d'un pas léger, avec aux lèvres le genre de sourire que vous auriez arboré après avoir quitté un cours assommant pour aller vous enfermer dans un local d'entretien, et vous y livrer à une partie de sexe débridé en essayant toutes les positions autorisées par l'exiguïté du lieu, et ce avec le piment de la menace d'être surpris à tout moment par le personnel, comme cela s'était déjà produit une fois, alors que Matt avait le gland posé sur la lèvre inférieure de Clarisse.

— Alors, vous vous êtes encore fait attraper ? demanda Stan sur un ton supposé léger, mais masquant mal une certaine irritation.

— Non. J'ai eu le temps de tout avaler jusqu'à la dernière goutte cette fois, répondit Clarisse, narquoise.

Hortense pouffa en mettant sa main devant sa bouche, tandis que le couple s'asseyait pour compléter le cercle.

— Ça va vous paraître bizarre, fit Stan, mais je crois que ça va me manquer l'an prochain. Vous voir vous barrer de cours, aller faire votre affaire, et puis revenir avec le sourire...

— Tu nous as jamais vus « faire notre affaire », dit Matt.

— Tout ce que t'avais à faire, c'était dire « s'il vous plaît », s'amusa Clarisse. On peut très bien tenir à trois dans le local d'entretien !

— Moi aussi ça va me manquer. Vous allez tous me manquer, dit Simone avec une pointe d'émotion.

— Il n'y a que toi qui vas me manquer, fit Tom, pince-sans-rire, mais comme s'il n'avait pu retenir une vérité, avant de se reprendre un brin gêné. Non, vraiment, vous allez tous me manquer les mecs.

— Du calme, du calme, ça devient obscène, ironisa Matt. Ou alors, puisque l'ambiance y est, rapprochons-nous, embrassons-nous et faisons l'amour les uns sur les autres, là tout de suite, sur cette belle pelouse...

— Sérieusement, on peut pas juste se séparer après les exams, être envoyés aux quatre coins du pays et plus jamais se revoir tous ensemble, déplora Simone. On doit faire quelque chose, marquer le coup. Graver cette amitié dans le marbre, pour dire que c'était pas juste histoire de passer le temps pendant nos études.

— Ouais, Simone a raison, faut faire quelque chose, confirma Stan. Pourquoi pas un barbecue sur la plage après la fin des partiels ?

— Je pensais à quelque chose de moins... enfin de plus...

— De plus... symbolique, proposa timidement Hortense.

— Symbolique, exactement, dit Simone. Pourquoi on se louerait pas une villa pour quelques jours ?

— J'aime bien l'idée de passer ces derniers jours ensemble, vraiment, mais... je suis totalement fauché en ce moment, dit Tom.

— Nous aussi, renchérit Clarisse. Désolée.

— Le barbecue nous coûterait presque rien, dit Stan, revenant à la charge. En plus mon oncle est brasseur, il pourrait m'avoir des caisses de bières pour pas cher, ce serait parfait avec des entrecôtes. Non ? Qu'est-ce que vous...

— Attendez, coupa Simone sans lui prêter attention. Mes parents ont une cabane à la montagne. Elle est assez grande, ce serait parfait pour nous...

— Et... c'est dans un coin tranquille ? demanda Tom.

— Au cœur de la pinède, loin de toute civilisation. À part ma famille, je ne suis même pas sûre que quelqu'un sache qu'elle existe, cette cabane. On pourra y faire tout ce qu'on aura envie...

— Ça me plaît bien, dit simplement Hortense.

— Mais c'est pas suffisant, intervint Clarisse. On peut pas y aller juste pour se raconter des histoires de feu de camp. Quelque chose doit se passer dans cette cabane...

— Encore un machin symbolique ? s'agaça Stan. Quel genre ? Se piquer les doigts et mélanger nos sangs, en récitant des trucs mystiques ?

— Non. Quelque chose... de plus...

— De plus tendre, sourit Simone, détournant les yeux pour cacher la lueur qui venait de s'y allumer.

— De plus tendre ? Va falloir m'expliquer un peu alors...

— Je suis d'accord avec Simone, dit Clarisse. Une amitié comme la nôtre, c'est une forme d'amour, avec les mêmes passions, les mêmes déchirements parfois... Et pour que l'amour survive à travers le temps, il faut l'entretenir, et surtout il faut le célébrer. Dans le couple, on le fait chaque jour en faisant l'amour, on baise même pour se réconcilier ! Et en amitié, dans un groupe je veux dire, ces célébrations sont encore à inventer...

Enfin, nos esprits se rencontrent, c'est vrai, mais jamais nos corps... Faisons quelque chose de nos corps, ensemble !

— C'était magnifique ma chérie, s'émut Matt avant de déposer un baiser appuyé sur ses lèvres, tout en caressant sa cuisse soyeuse.

— Attends, attends, j'ai peur de comprendre... dit Tom. T'es pas sérieusement en train de suggérer que... que tous ensemble on fasse...

— Une partouze, sourit Hortense d'un air espiègle.

— Écoute, dit Stan, je sais pas ce que Simone entendait par tendresse, mais je suis à peu près sûr qu'elle voulait pas dire « allons tous faire une partouze dans ma cabane à la montagne ».

— Mais peut-être que c'est ce qu'elle pensait, fit Matt.

— Bébé, aide-moi s'il te plaît, parce que ça devient vraiment n'importe quoi ici. Ben aide-moi quoi !

Mais Simone regardait toujours ailleurs, pensive.

— Tu penses pas que ça pourrait être marrant ? lui demanda Clarisse.

— Non. Et d'ailleurs je vais faire comme si cette conversation avait jamais existé, conclut Stan d'un ton ferme, voulant mettre fin au débat.

Mais de tous les membres du groupe, il était le seul à vouloir oublier ce qui venait de se dire. Chez ses amis, l'idée venait d'être plantée comme une graine en terre féconde...

✶

Certes, l'image était granuleuse, les couleurs saturées, mais on pouvait malgré tout deviner qu'il y avait un film derrière, quand la bande magnétique ne tressautait pas bien sûr. L'histoire ? Elle était simple. Au début du XXe siècle, un groupe de trois explorateurs, jeunes et très blancs, vêtus de shorts très courts sur leurs cuisses glabres et maigres, s'aventuraient dans une jungle tropicale censée n'avoir jamais été visitée. Au cœur de cet enfer vert, ils allaient faire une découverte qui allait les changer à jamais : vivait en effet là, en autarcie, une tribu d'une dizaine d'indigènes femmes, qui ne portaient rien d'autre que des pagnes à peine visibles à l'œil nu et qui, selon des coutumes perpétuées depuis des générations, étaient nymphomanes jusqu'au dernier degré. Nos trois intrépides allaient ainsi d'abord à leur rencontre en observateurs dévoués à leur mission, puis perdaient peu à peu leurs repères d'Occidentaux au contact de leur sujet d'étude. Les amazones s'offraient ainsi à eux avec une admirable générosité, et les faisaient participer à des cérémonies orgiaques d'une rare décadence. Ces filles de la jungle jouissaient sans complexes de pratiques qu'ils n'avaient jamais osé imaginer, et cela les excitait terriblement, nos colonisateurs propres et éduqués, de s'ébrouer avec ces sauvages providentielles dans ce lieu de perdition où toute barrière morale avait cédé.

La scène dans la hutte de la cheffe du village en était une belle illustration. Deux de nos éphèbes étaient offerts en spectacle à cette dernière, contraints pour leur plus grand plaisir à honorer quatre accortes indigènes toutes aussi belles et désirables. Alors que la cheffe dominait les ébats du haut d'un fauteuil en bambou surélevé, l'un des explorateurs était allongé sur un tapis étendu sur la terre battue, chevauché avec fougue par une des amazones qui ondulait son bassin par à-coups toniques d'une grande adresse en dépit de son jeune âge, tandis qu'une autre était assise sur son visage, le laissant tour à tour lui mordiller les petites lèvres ou introduire sa langue durcie, quand une troisième s'était vu attribuer la tâche censément ingrate de lui lécher le pourtour de l'anus, tâche dont elle s'acquittait pourtant avec une gourmandise qui faisait plaisir à voir. Le second explorateur n'était pas en reste. Face à la jeune femme assise sur le visage de son collègue, il enfournait son sexe dans sa bouche jusqu'aux amygdales, l'en faisant sortir entièrement avant de l'y engouffrer avec force, lui imposant d'étouffantes gorges profondes. Une dernière sauvageonne agenouillée à côté lui glissait avec délicatesse un long objet effilé dans les fesses, sorte de totem miniature d'une divinité vénérée par la tribu. Dans les yeux divagants de l'être supposé civilisé, on pouvait lire un lâcher-prise qui semblait le faire régresser vers un état primitif proche de l'animalité.

Perchée sur son trône, la cheffe, plus belle femme du clan, se caressait d'un index langoureux en assistant au spectacle, quand soudain elle parut n'en plus pouvoir et décida de plonger à son tour dans l'arène. Elle congédia d'un geste ses sujettes, qui toutes lui obéirent dans l'instant, et se donna dès lors sans compter aux deux hommes, variant selon son bon plaisir les combinaisons.

Dans le dernier mouvement de la scène, elle était allongée sur le dos contre le torse d'un des garçons et se faisait sodomiser par lui tandis que l'autre la pénétrait par-devant. Derrière le voile neigeux qui couvrait l'image de la VHS, Tom n'arrivait pas à se défaire de son visage déformé par la douleur et le plaisir mêlés, sans que l'on décèle la part de jeu dans le masque qu'elle donnait à voir au spectateur. Si les grandes lignes du scénario lui avaient paru prometteuses, il avait choisi ce film au vidéoclub pour une seule raison : la comédienne qui interprétait la cheffe avait une ressemblance troublante avec Simone, par ses courbes, la couleur de sa peau, la finesse de ses traits. Plus il s'attardait sur le visage de cette actrice en train d'être prise en double pénétration, et plus il voyait celui de Simone se fondre avec lui. Et alors qu'il se masturbait frénétiquement collé à son petit écran, haletant, le bras au bord de la tétanie, il atteignit un seuil où il ne vit plus qu'elle, comme si elle avait remplacé l'actrice dans la scène. Il avait quitté sa minuscule chambre universitaire, et atterri dans cette hutte au fin fond de la jungle, dans la peau du type qui prenait Simone par-devant. Il pouvait voir ses seins ronds et pleins ballotter sous ses puissants va-et-vient, et sentir la chaleur de son vagin tandis qu'elle plantait ses yeux dans les siens, se mordant les lèvres pour ne pas hurler son plaisir. Elle finit par lui dire : « Fais-moi jouir, mon bel aventurier. » Il haussa le rythme, et elle ne parvint plus à se retenir, déchirant la pièce de terribles cris. Tom se sentait approcher des cimes orgasmiques quand il entendit frapper à la porte de la hutte, ce qui n'avait pas grand sens, puisqu'elle n'en avait pas.

Ce fut en fait la porte de sa chambre qui s'ouvrit, et sa rêverie éclata comme une bulle de savon. Il se recroquevilla sur sa chaise et cacha son membre, douloureux tant il l'avait astiqué avec ferveur, tandis qu'à l'écran les explorateurs jouissaient à l'unisson sur le visage extatique de la cheffe, qui mit un point d'honneur à faire converger toute la liqueur vers sa bouche dont la roseur contrastait sublimement avec sa peau mordorée. Hortense se tenait sur le seuil, vêtue d'une longue robe bleu ciel informe. Elle resta impassible un court instant qui parut pourtant interminable à Tom, plié en deux sur sa chaise.

— J'ai frappé.

— Et tu m'as entendu dire « entrez » ?

Hortense considéra l'écran, et le gros plan sur le visage de l'actrice, que le sperme faisait scintiller sous la lumière des projecteurs.

— Je comprends pourquoi tu aimes ce film.

— C'est juste un porno, ça remplit sa fonction, c'est tout ! Tu peux fermer cette putain de porte, merci ?

Elle daigna bien la fermer, mais resta à l'intérieur.

— Tu pensais à quelqu'un ?

— Oui, bien sûr, à un million de filles. Mais sûrement pas à toi.

Hortense avait beau être habituée aux moqueries de Tom, elles continuaient de l'atteindre.

— Mais ta question est stupide, je comprends même pas ce qu'elle veut dire, fit-il en allant éjecter la cassette du magnétoscope, la main sur l'entrejambe.

— Je t'ai entendu répéter son prénom. Plusieurs fois.

— Oh vraiment ? Et le prénom de qui, je te prie ?

— Tu le sais aussi bien que moi.

— J'en peux plus que ta chambre soit collée à la mienne. J'ai l'impression que t'es en permanence planquée sous mon lit, à écouter ce que je fais, à surveiller qui je vois.

— Il faut être honnête Tom, tu ne vois pas grand monde.

— Bon, tu me veux quoi au juste ? la pressa-t-il.

Elle s'adossa à la porte, tandis qu'il se reboutonnait.

— C'est dans une semaine. Le... « voyage ».

— Oui, je sais.

— Tu en penses quoi ? Tu trouves que c'est une bonne idée ?

— Tu veux dire, qu'il s'y passe ce qu'on a dit qu'il s'y passerait ? Je trouve que c'est une idée géniale.

— Mais... ça te fait pas un peu peur ?

— Bien sûr, mais ça fait partie du truc non ? L'excitation, la peur, tout ça se mélange et c'est ce qui le rend intéressant...

— Je sais, mais tu crois que ce sera si facile de se laisser...

— On se reverra peut-être plus jamais après ça, coupa-t-il. Quoi qu'il se passe là-bas, c'est comme si rien pouvait nous arriver de grave. C'est comme ces explorateurs qui oublient toutes leurs limites, tous leurs tabous dans cette jungle, dit-il en désignant le boîtier du film posé sur son bureau. Cette cabane dans les montagnes, ce sera notre jungle ! Et puis si jamais on se revoit par la suite, eh bien... je suis sûr que ça nous fera de sacrés souvenirs à nous remémorer.

— Hum. Je suppose que tu as raison.

— Et puis t'as vraiment pas à t'en faire je t'assure. Même s'il se passe des trucs dans cette cabane, personne n'osera te toucher.

Le visage d'Hortense s'assombrit.

— Allez, c'était une blague... Rigole un peu quoi !

— Tu peux pas t'empêcher d'être odieux avec moi. Parce que ça te rassure, de rabaisser quelqu'un que tu crois sexuellement encore moins attirant que toi. Mais tu pourrais avoir des surprises tu sais.

— Écoute, je suis désolé Hortense, je voulais pas te blesser.

Elle ne claqua pas la porte derrière elle. Elle n'avait pas été éduquée ainsi, et puis ce n'était de toute façon pas son style. Mais Tom ne perdait rien pour attendre.

*

Simone était étendue sans rien d'autre que son soutien-gorge, offrant à Stan ses fesses brunes et bombées, ses cheveux luxuriants allant à chaque coup de reins caresser le bois de la tête de lit. Mais si elle haletait doucement et poussait un gémissement de temps à autre, elle n'était clairement pas en train de mordre l'oreiller. Elle le cherchait du regard derrière elle, et semblait espérer que quelque chose se produise, sans réellement savoir quoi.

Le corps tout en majesté, muscles bandés et peau luisante de sueur, Stan la prenait en levrette à un rythme qui ne faiblissait jamais d'une mesure, au point que les grincements des ressorts du matelas semblaient avoir été réglés par un horloger. Et puis, au bout de cinq longues minutes, il parut lui-même se lasser, ce qui n'était pas peu dire. Il retourna Simone sur le dos et reprit son travail de sape par un missionnaire des plus académique, toujours à la même lancinante cadence. Levrette et missionnaire, au lit Stan n'avait l'air de considérer sa petite amie que par ces deux positions, sans plus d'imagination que s'il faisait cuire les deux faces d'un steak haché.

Elle avait beau l'inciter à innover, user de gestes doux visant à ne pas le braquer, et tenter de lui faire comprendre que le plaisir n'était pas forcément lié au fait de subir un pilonnage en règle mais bien à des variations de tempo, de profondeur, d'angle, des millimètres suffisant parfois, il en revenait toujours à ses fondamentaux personnels. Vitesse, puissance et endurance, pour lui la qualité de l'acte se jugeait avant tout sur son bilan calorique.

Stan avait pourtant une queue très agréable, Simone en convenait, une queue à grand potentiel, s'était-elle dit le premier soir. Elle était longue et épaisse, pilotée avec habileté elle pouvait à coup sûr faire des miracles. Mais alors qu'il plongeait ses yeux au fond des siens, mâchoires serrées, persuadé que ses coups de boutoir la faisaient monter aux rideaux, elle se dit qu'elle devait sans doute cesser d'en attendre monts et merveilles.

Les mains cramponnées à ses fesses d'acier, elle essaya bien un instant de modérer ses mouvements, mais en vain. Poussée par le désespoir, tentant le tout pour le tout, elle fit doucement ramper ses doigts vers la raie des fesses de Stan, les écarta au passage, puis inséra son index dans l'imberbe anus. Elle n'eut le temps d'y mettre qu'une demi-phalange. Il bondit du lit comme s'il venait de recevoir une décharge de cent mille volts.

— Putain mais qu'est-ce qui te prend ?

— Désolée. Je croyais que tu pourrais aimer. Plein de mecs aiment ça tu sais.

— Plein de pédés ouais ! Je suis pas une tante, je me prends pas des doigts dans le cul, même par ma copine... Putain je le crois pas, tu pourrais me demander mon avis avant quand même !

— Tu vois, c'est exactement ça le problème ! Faut que je t'envoie un putain de fax dès que je veux faire un truc nouveau avec toi !

Stan était adossé au mur, circonspect.

— Simone, moi vivant, personne, je dis bien personne, me mettra un doigt entre les fesses.

Elle soupira, puis se redressa sur le lit et s'assit en tailleur.

— Stan, faut vraiment que je te dise un truc. Promets-moi de pas le prendre mal.

— OK. Je te le promets, concéda-t-il après un douloureux soupir.

— Écoute, je sais pas comment dire ça sans te blesser, mais... ta façon de... faire l'amour. Je ne dis pas qu'elle est mauvaise, non, elle est très bien mais... elle est juste un peu... un peu mécanique, tu vois ce que je veux dire ?

— Mécanique ? sursauta-t-il. C'est quoi ces conneries !

— Tu m'avais promis de pas le prendre mal !

— Comment ça, mécanique ?

— Oui, mécanique. Et encore, je crois bien qu'un mécanicien est plus à l'écoute d'un moteur que t'es à l'écoute de mon corps.

— Merci. Merci d'avoir essayé de pas me blesser.

— Je suis désolée ! Mais il fallait vraiment que ça sorte. Arrête de prendre ça comme une espèce de performance athlétique, et essaie d'être plus... avec moi pendant qu'on le fait.

Parfois j'ai l'impression que tu fais l'amour tout seul Stan. Il te manque qu'un miroir pour t'admirer.

— Eh bien t'es la première à te plaindre. Ma chérie.

Stan se leva et alla se poster à la fenêtre, son pénis pendouillant entre ses jambes. Ils étaient chez Simone, dont le petit appartement donnait sur une rue passante. Elle vint peu après le rejoindre, nouant ses bras autour de sa taille.

— J'aime vraiment être avec toi Stan. Et c'est parce que je sais que ça pourrait être encore mieux que je suis sincère.

Elle le serra fort, puis s'empara de son sexe pour le caresser avec douceur. Bien vite il se remit à durcir, mais il se dégagea de l'étreinte et s'assit sur le rebord du lit, grognon.

— T'es sûre que c'est une bonne idée, cette histoire de cabane dans les bois cet été ?

— Tu veux dire… l'orgie ? demanda-t-elle en souriant.

— Ouais, l'orgie, si tu veux, fit-il avec dédain. Qu'est-ce qui lui a pris de lancer cette idée débile, à cette nympho ?

— Hé ! Clarisse est ma meilleure amie, parle pas d'elle comme ça.

— Parce que t'appelles pas ça une idée débile toi ? D'ailleurs c'est tellement débile, ça mérite même pas qu'on en parle.

— Stan. On va vraiment passer quelques jours dans cette cabane. Que tu le veuilles ou non.

— Je sais. Mais tu crois quand même pas sérieusement qu'on va partouzer pour de vrai là-bas ?!

— Je ne vois pas pourquoi ce serait impossible. Ça n'a rien de très compliqué tu sais.

— Ah, arrête de te foutre de moi.

— Pourquoi t'es si fermé ? Au point de même pas imaginer une seconde ce que ça signifierait pour nous tous, combien cette expérience pourrait être importante !

— Même dans une dimension parallèle, ça n'arrivera pas, je peux te le garantir. Tu vois donc pas de quoi il s'agit au fond ?

— Oh, éclaire-moi, je t'en supplie.

— Ils veulent juste nous baiser, c'est tout ! Et quelque part, je peux les comprendre. On est tellement au-dessus de leurs moyens, dans la vraie vie ils auraient aucune chance !

— Je crois que c'est la chose la plus stupide que t'aies jamais dite. Et pourtant Dieu sait que t'as un passif dans ce domaine.

— Mais admettons que ça arrive. On est là-bas, tous les six, dans cette foutue cabane. Est-ce que tu crois une seule seconde que je vais laisser quelqu'un poser la main sur toi ?

— Ça peut être tout à fait autre chose que la main.

— Me cherche pas Simone, me cherche pas...

— Je ne pense pas que ce soit ta décision Stan, l'interrompit-elle. Je sais pas ce qui se passera vraiment là-bas, mais je sais que je serai avec mes amis, qui sont aussi censés être les tiens, je te le rappelle, et qu'on fêtera notre amitié comme il se doit. Et si ça te pose un problème, eh bien... peut-être que tu devrais penser à rester à la maison cet été.

Stan en fut abasourdi. Il ne comprenait pas ce qui prenait à Simone de lui parler ainsi, ni en quoi c'était lui qui avait un problème et pas les autres. Surtout, en dépit de longues heures passées ce soir-là à fixer le plafond de sa chambre, il n'arrivait pas à comprendre comment se laisser mettre un doigt dans les fesses ne faisait pas nécessairement de lui un homosexuel.

3

Marie actionna de ses doigts fins la petite manivelle et la figurine, une danseuse de cabaret en robe à volants rouges, se mit à tourner sur elle-même au son de l'entêtante mélodie de la vieille boîte à musique. Celle-ci durerait une minute à peine, et elle la relancerait dès qu'elle cesserait, non que ladite mélodie fut un quelconque plaisir de mélomane, mais bien parce que c'était l'unique compagnon sonore auquel elle avait droit. Un jour, Marie avait bien récupéré une radio usagée dans le chaos de la cave, et réussi à lui faire crachoter quelques mesures de *Like A Virgin* de Madonna, qui passait alors en boucle sur toutes les fréquences, touchant là du bout du doigt un fragment de civilisation, mais les jumeaux, ses frères, son sang, la lui avaient confisquée sur-le-champ.

Elle se tenait face à la fenêtre, à contempler son seul horizon depuis qu'elle était née, ces satanés pins sylvestres qui couvraient la pente jusqu'au sommet de la montagne, et leurs branches si proches que certaines caressaient la vitre. Elle n'était pas autorisée à aller au-delà de la grosse pierre qui marquait l'entrée de la maison, et ressemblait par ailleurs à s'y méprendre à une bitte d'amarrage. La seule fois où elle avait osé le faire, sa mère lui avait administré une terrible fessée à cul nu, qui l'avait dissuadée de recommencer. Tout juste avait-elle le droit de courir derrière les poules qui gambadaient autour de la maison, de nourrir les lapins dans leurs clapiers ou de parler avec Rosa, la vache familiale, lorsque celle-ci n'avait pas encore succombé à une pneumonie. Sa mort avait d'ailleurs laissé Marie inconsolable, leurs conversations ayant souvent été plus riches qu'avec n'importe quel membre de sa famille.

Même sa chambre exprimait une forme de résignation, comme figée dans une autre époque, avec ce lit aux draps de satin rose égayés de broderies et de dentelles qu'elle avait cousues elle-même, ces meubles patinés hors d'âge, ces vieilles lampes à huile et surtout cette collection de poupées qui trônait sur des étagères. Sales et éclopées, elle les avait trouvées dans les monceaux d'ordures que ses frères ramenaient régulièrement au chalet à bord de leur camionnette, et leur brossait les cheveux une fois par jour, portant à chacune un amour égal. Elle ne ressentait pas de désirs de modernité, puisque de la modernité elle ne connaissait rien ou presque. Toutefois, le fait de laisser baigner sa chambre dans le passé avait un avantage : la pièce était une bulle protectrice, certes précaire, mais pour l'instant intouchée, au sein du royaume de la fange qu'était le reste de la maison.

Depuis quelques semaines, Marie sentait toutefois quelque chose de changé en elle. Cela s'était produit un après-midi de désœuvrement où elle s'était introduite dans la chambre de Jules. Fouillant sous son lit, elle avait découvert une pile de magazines qu'elle avait feuilletés. Pour elle qui n'avait jamais lu que des contes pour enfants, le choc fut brutal. Sur toutes les pages s'étalaient des corps nus de femmes et d'hommes, chez qui elle découvrit, pour ces derniers, la présence entre les jambes d'une excroissance allongée et raide de taille variable. Mais surtout, elle vit des corps qui s'emboîtaient dans diverses positions et avaient l'air de beaucoup aimer ça, l'homme introduisant son appendice dans l'un ou l'autre des orifices des femmes, ou même les deux à la fois si les hommes étaient plusieurs, orifices qui ne lui avaient jamais servi qu'à faire ses besoins. Il y avait aussi un magazine où les hommes portaient d'étranges combinaisons et léchaient les chaussures de dames bien habillées avec un fouet à la main, et un autre où des femmes faisaient des choses bizarres avec des animaux dans une ferme d'élevage.

Marie repensait parfois à ces pages, et ressentait à leur souvenir une sorte d'agréable chaleur au bas du ventre. Cela lui démangeait d'y apposer sa main, et de la faire descendre jusque sous son pubis, mais elle s'y refusait, coupable, comme si cette zone était si intime qu'elle-même ne pouvait y avoir accès pour autre chose que son hygiène.

Le carillon ralentit peu à peu, égrenant ses dernières notes. Elle tourna à nouveau la petite manivelle, puis s'assit derrière son secrétaire et effectua de dernières retouches sur une robe qu'elle se confectionnait, robe que d'aucuns auraient qualifiée de robe de princesse. Quand ce fut fait elle se déshabilla, enfila l'étoffe et alla se placer devant la glace en pied ovale. Elle était heureuse de son travail, la robe lui allait à merveille. Certes, elle était peut-être un peu courte, mais après tout, où était le mal ? Elle tombait tout de même sur ses invariables collants blancs chaussés de souliers vernis à lanières. La morale était sauve.

Elle retira la robe, mais demeura devant la glace, à observer son reflet : son visage juvénile, ses traits à l'élégance presque aristocratique, sa peau diaphane mouchetée de taches de rousseur, ses cheveux roux dont les extrémités tombaient sur sa poitrine dénudée... Elle jeta sa crinière en arrière, ôta ses souliers et roula le collant jusqu'à ses chevilles, avant de l'enlever lui aussi. Désormais entièrement nue, elle fit front face au miroir, et étudia ce corps longiligne aux affleurements osseux, au torse trop maigre pour ces seins trop vastes. Elle se retourna pour voir ses fesses laiteuses et rebondies, puis s'approcha à quelques centimètres de la glace, et fit descendre son regard sur son sexe, dont elle pouvait entrevoir les lèvres incarnates trancher avec la pâleur de sa peau. Tandis que la boîte à musique cessait doucement de carillonner, Marie dit à haute voix « je ne suis plus une enfant », et au lieu de relancer le mécanisme, elle ferma les yeux. Elle vit ses héros d'histoires pour enfants et de contes de fées, seule nourriture de son imaginaire aseptisé, qu'ils soient chevaliers, rois ou princes… Quand soudain surgirent dans sa rêverie des silhouettes issues des magazines de son frère, avec leurs membres gorgés de sang et de sperme, leurs vulves ouvertes et moites… Et les deux mondes se confondirent, engendrant une scène où Marie était au sommet d'une tour d'ivoire, prisonnière d'une chambre aux allures de prison dorée. Alors qu'elle était allongée sur son lit, les lourdes chaînes de sa porte se brisèrent, et un grand et beau prince apparut sur le seuil. Il s'approcha d'elle, épée à la main et sexe enflé sous sa moulante parure.

Cette fois Marie ne put retenir sa main, et son index glissa avec douceur sur ses lèvres. Elle éprouva une sensation qu'elle eut peine à définir, d'une intensité grandissante. Quand elle rouvrit les yeux, son doigt luisait joliment à la lumière qui perçait au travers des pins. Elle les referma, et retrouva sa geôle médiévale, incarnant la princesse se pâmant sous les baisers de son libérateur. Elle sentit contre son ventre le frottement du membre princier, dur comme la pierre dont était fait son donjon. Et comme si elle n'en pouvait soudain plus, elle le repoussa, souleva sa robe et dévoila sa fente nue. Enthousiasmé, le prince arracha ses vêtements et fit jaillir une queue immense et magnifique.

Marie se caressait de plus en plus vivement, sentant ses lèvres s'humidifier, et à mesure que le plaisir la gagnait ses doigts remontaient vers la cime de son sexe, discrète proéminence dont elle ignorait l'existence, mais dont elle ne tarderait pas à apprécier les miracles à répétition. Seulement, au moment précis où le prince s'apprêtait à entrer en elle, Marie entendit du bruit de l'autre côté de la porte. Comme de petits coups contre elle, à un rythme soutenu.

— Qui est là ?

Elle n'obtint aucune réponse. Elle remit prestement sa robe puis se rua sur le palier. Personne ne s'y trouvait, mais elle put entendre des bruits de pas s'évanouir au bas de l'escalier. Quand elle revint vers sa porte, elle déplora une fois de plus que la serrure, pour laquelle seule sa mère disposait d'une clé, fut si large.

*

Les couverts tintaient déjà dans la cuisine quand Marie y fit son entrée, vêtue de sa nouvelle robe, cheveux détachés alors qu'elle les ceignait toujours en chignon sortie de sa chambre. Elle alla s'asseoir à table près du vieux poêle en fonte, où l'attendait une assiette fumante. Jim lorgna sans vergogne sur ses jambes avant de remonter sur ses seins mal contenus, tandis que Jules aspirait bruyamment l'espèce de ragoût qui marinait devant lui, tête baissée sur son plat. La Mère, petite femme grise et racornie, arrêta de mastiquer et la fixa d'un regard sombre.

— Qu'est-ce que c'est que cet accoutrement ?

— C'est la robe que je me suis faite maman, elle est jolie hein ? répondit Marie sans aucune ironie, puisque ce concept lui était étranger.

— Oui, elle est jolie, mais elle est pas un peu courte surtout ?

— Pourquoi trop courte ?

— Mais... Parce qu'on voit tes genoux !

— C'est mal de voir les genoux ?

— Eh ben, c'est certainement pas bien.

— Mais pourquoi ?

— C'est tes genoux Marie ! Comment faut te l'expliquer ?

— Mais un genou, c'est un os, pourquoi c'est mal de le montrer ?

— Parce que c'est comme ça depuis la nuit des temps, et y a pas à discuter là-dessus. Tu me feras le plaisir de plus porter cette robe.

Marie baissa les yeux sur son assiette et se mit à pleurnicher. On se remit à manger en silence, quand monta depuis la cave un long cri mêlé de désespoir et de souffrance. Personne ne parut s'en offusquer, pas même Marie, qui se moucha dans sa serviette.

— Qu'est-ce que c'est dans mon assiette ? demanda-t-elle.

— Comment ça, qu'est-ce que c'est ? C'est des légumes du potager avec de la viande, comme tous les jours, pourquoi tu poses la question ?

— Mais la viande, c'est du lapin ?

— Tes frères ont chassé ce matin, ils ont ramené une marmotte.

— Une marmotte ? Qu'est-ce que c'est ?

— C'est un animal très mignon, qui vit plus haut dans la montagne.

— Ça a l'air pareil que le lapin.

— Eh ben justement, goûte, tu verras c'est très bon, ça ressemble beaucoup au lapin.

— C'est pas pareil, mais c'est toujours la même chose en fait... J'en ai marre de manger toujours la même chose !

— Mais qu'est-ce qui t'arrive aujourd'hui ?

— Ouais, qu'est-ce qui t'arrive ? répéta Jules, levant enfin la tête de son assiette.

— Espèce de cochon, tu m'as encore espionnée !

— Mais... mais non ! J'ai rien espionné du tout ! se défendit-il avec une gêne ostensible. Pourquoi tu m'accuses ?

— Parce que t'as le tour de l'œil tout sale, à cause que tu l'as collé dans la serrure de ma porte !

Il se frotta l'orbite, et constata que ses doigts étaient noircis de graisse.

— Et même que tu faisais un bruit bizarre. Ça faisait toc toc toc contre la porte, toc toc toc... Comme si que tu secouais quelque chose.

— C'est pas vrai, je secouais rien du tout. Rien du tout du tout.

— Y aurait eu quoi à espionner, d'abord ? demanda la Mère.

— Ben moi. Il m'espionnait en train de me mettre toute nue.

— Ah bon ? Et qu'est-ce que tu faisais toute nue à cette heure-là ?

— Elle se caressait m'man !

— Je croyais que t'avais rien vu ! s'indigna Marie.

— Tu faisais quoi ma fille ? C'est vrai ce que dit ton frère ?

— Je sais pas ce que ça veut dire caresser. Je touchais juste un peu à mon minou, c'est tout.

— Je veux pas que tu touches à ton minou !

— Mais pourquoi maman ? C'est mal ? Pourquoi c'est mal ?

— C'est pareil que pour les genoux. C'est comme ça !

À nouveau, toute la tristesse du monde parut s'abattre sur les frêles épaules de Marie.

— Ma fille, t'es la seule à être à peu près normale dans cette famille. Je veux que tu restes pure. Et pour ça, il faut pas toucher à ton minou.

— Mais je suis grande maintenant.

— Ah oui, tu crois ça ? Mais si t'es si grande que ça, pourquoi tu me demandes pas de descendre dans la vallée, et de pouvoir fréquenter des hommes de là-bas ?

— Ben, oui, je voudrais bien fréquenter des hommes maman.

Jim brandit alors son énorme poing, prêt à le faire tomber sur Marie comme la foudre. Mais dans un réflexe étonnant pour une femme de son âge, la Mère lui balança le contenu encore brûlant de son assiette au visage, sans aucune hésitation. Jim se prit la tête entre les mains, couinant comme un chien blessé, avant qu'elle ne l'oblige à présenter ses excuses à sa sœur. Quand le calme fut revenu, elle se tourna vers Marie.

— Ma fille. Dans ma vie, j'ai connu beaucoup d'hommes, tu sais. Et tous, ils m'ont rendu malheureuse. C'est de ça que t'as envie ?

Marie resta silencieuse. La voix gravit à nouveau les marches de la cave. Elle essayait visiblement d'articuler des mots, mais seuls des borborygmes parvenaient jusqu'à la cuisine.

— Faites ce qu'il faut pour qu'elle la ferme, ordonna la Mère aux jumeaux, sur un ton qui ne souffrait aucune contestation.

4

Le van Volkswagen serpentait au creux de la vallée encaissée, épousant à une allure tranquille les courbes du torrent. Le soleil tapait dur et faisait de l'habitacle un véritable four, mais cela n'avait pas l'air de gêner Simone et Clarisse. Assises au fond du véhicule, elles avaient au fil du trip remonté peu à peu leurs jupes jusqu'à décider de les enlever, et s'épanouissaient désormais sur la banquette en tee-shirt et culotte, leurs épidermes se frôlant sans qu'elles fassent mine de s'en offusquer. Devant elles étaient installés Tom et Hortense, qui avait eu l'audace de défaire le bouton du haut de son chemisier à imprimé Liberty, ce qui n'avait pas manqué de lui attirer les sifflets de ses camarades. Tandis qu'elle tournait les pages d'un manuel d'histoire en faisant respecter à son voisin une distance de sécurité non négociable, Tom regardait le torrent dévaler l'étroite gorge vers les plaines déjà traversées, n'osant pas retirer le polo vert pomme qui lui collait à la peau, trop complexé par sa poitrine maigre et blanche comme la craie. Au volant Stan n'avait pas ce genre de pudeur et exhibait fièrement son torse bronzé et parfaitement dessiné, Ray-Ban au noir impénétrable sur le nez, tandis que côté passager Matt assumait sans mal ses pectoraux plats et un brin poilus.

Depuis que l'idée avait été lancée sur la pelouse du campus, on avait peu reparlé de la partie à plusieurs, si ce n'était sur le ton de la plaisanterie, pour la dédramatiser certes, mais aussi pour ne pas l'oublier, comme autant de petites piqûres de rappel. Elle était devenue un non-dit plus excitant dans sa potentialité floue que si l'on en avait évoqué le déroulement supposé, et si elle n'était que rarement des discussions, l'orgie restait présente dans tous les esprits, ajoutant quelques degrés non mesurables à la fournaise qui régnait dans le van.

À chaque fois qu'il regardait dans son rétroviseur, Stan pouvait voir Simone et Clarisse en grande conversation, éclater de rire, se faire des confidences, et cela l'énervait au plus haut point. Cela l'énerva plus encore quand il demanda à Matt ce qu'elles pouvaient bien se raconter, et que ce dernier lui répondit comme une évidence : « Elles parlent de cul, qu'est-ce que tu crois ? » Et il avait raison, même si c'était en fait un quasi-monologue, et que Simone écoutait surtout Clarisse lui conter ses dernières aventures avec Matt, dans quels lieux publics ils l'avaient fait, de quels jouets ils avaient fait l'acquisition... Et si Simone s'en amusait, heureuse pour son amie, elle ne pouvait s'épargner une once de jalousie, surtout quand Clarisse évoquait la façon dont son couple atteignait peu à peu cet état où chacun connaissait par cœur le corps de l'autre, et savait quels millimètres de chair stimuler pour provoquer l'embrasement. Tom ne perçut que quelques bribes de leur échange, mais elles suffirent à faire naître sous son bermuda une puissante érection qui se renforça encore, à son grand étonnement, quand son regard se posa sur le bras nu d'Hortense. Se sentant observée, elle leva brusquement les yeux de son livre, aussitôt attirés par la bosse qui étirait le vêtement, puis lui décocha une moue de dégoût qui le fit se couvrir à la hâte de la première chose lui tombant sous la main, soit un sac McDonald's taché de ketchup.

Cela faisait une bonne cinquantaine de kilomètres que Stan jouait la même cassette dans l'autoradio, *Cambodia* de Kim Wilde.

— Je savais pas que t'étais branché chansons d'amour Stan, sourit Tom. Content de voir que t'assumes enfin ta part féminine…

Sans même se retourner, Stan lança son poing derrière lui, qui passa si près du nez de Tom qu'il put en sentir le souffle.

— C'est pas une chanson d'amour, c'est une chanson de rupture ! Je trouve que l'histoire est émouvante, ça fait pas de moi une tante !

— Mais je plaisantais ! Hortense, c'était évident non ?

— Je sais pas. Je croyais qu'une blague, c'était censé être drôle, répondit-elle sans décrocher de son livre.

Les filles s'étaient rapprochées sur la banquette du fond. Simone avait posé sa cuisse brûlante sur celle de Clarisse, dont le bras enroulé autour du cou de son amie pendait sur son décolleté.

— Dites-donc, vous voulez pas vous mettre encore plus l'une sur l'autre ? les interpella Stan en les voyant dans le rétro.

— Ouais, embrassez-vous tant que vous y êtes, fit Matt, amusé.

— Si ça peut vous faire plaisir, dit Clarisse sur un ton badin.

— Hé, j'étais pas sérieux, s'inquiéta Stan.

Elle sourit à Simone, la regardant dans les yeux avec intensité. Cette dernière fit non de l'index, gênée, puis sous les encouragements de Matt, Tom et même Hortense, finit par sourire elle aussi et laissa son amie approcher ses lèvres des siennes. Clarisse y déposa un baiser d'une infinie douceur, dont l'onctuosité, parfumée par son chewing-gum à la fraise, fit frémir Simone. La chaleur grimpa encore d'un cran dans le van, où Stan fut le seul à ne pas s'enthousiasmer de la scène. Mais tandis que Clarisse assumait, pleine d'assurance, Simone parut peu à peu fébrile, et ressentit vite une bouffée de chaleur.

— Stan, arrête-toi à la prochaine station-service s'il te plaît. Faut qu'on rachète à boire.

*

Y a un seul truc qui soit pas périmé ici ? se demanda-t-elle, affligée, tandis qu'elle parcourait des rayons si étroits qu'elle devait se mettre de profil pour s'y faufiler. Les produits avaient en effet l'air âgé, littéralement, pour beaucoup couverts de poussière, voire de toiles d'araignées. Leur date de péremption, quand elle était affichée bien sûr, avait le plus souvent été dépassée, et parfois même depuis de longs mois.

La bande avait échoué dans une vieille épicerie isolée au bord de la route, qui elle aussi paraissait avoir dépassé sa date de péremption. Les murs du préfabriqué partaient en lambeaux, tagués comme si le commerce était déjà à l'abandon, le verre brisé de plusieurs fenêtres tenait avec du gros adhésif, et l'unique pompe à essence était en panne. Et alors qu'elle s'avançait vers la caisse avec dans les bras les seules bouteilles du magasin encore consommables, elle se dit que le tenancier était là comme dans un écrin : cinquante ans mais en paraissant soixante-dix, visage taillé à la serpe, chemise de travail pleine de taches de cambouis, enfoncée dans un bleu de travail trop large tenu par des bretelles. Il devisait avec un type bien bâti d'une trentaine d'années, à la barbe fournie, et dont la casquette crasseuse laissait dépasser des mèches trempées. Son marcel avait sans doute été blanc à l'origine, mais il n'était plus que traces de sueur jaunies et de graisse automobile.

Quand ils la virent approcher, les deux hommes s'interrompirent et la reluquèrent des pieds à la tête, sans aucune gêne, leurs regards torves fixés sur les seins affolants qui ballottaient dans son décolleté. Elle posa les boissons sur le comptoir, et l'épicier entreprit de sortir une calculatrice d'un tiroir comme si cela lui coûtait un effort énorme, tandis que le type ne quittait pas des yeux le délicieux grain de beauté qui trônait en haut de son sein droit.

— M'dame, fit-il en soulevant sa casquette.

Elle lui répondit par un bref sourire forcé, puis soupira en voyant l'épicier s'énerver sur sa calculatrice, et finalement sortir un papier et un crayon pour faire son addition.

— Vous allez où comme ça, avec vos amis ?

— Dans la montagne, juste derrière.

— Ah ouais ? Et vous allez y faire quoi ?

— Pas grand-chose. Juste... y rester quelques jours.

— Quelques jours ? Vous faites quoi, du camping ?

— Mes parents ont une cabane là-haut, répondit-elle, impatiente. Combien je vous dois monsieur ?

— 'tendez, 'tendez m'dame, j'ai pas fini.

— Vous devriez pas y foutre les pieds, dans votre cabane.

— Et pourquoi ça ?

— Parce qu'il y a des trucs pas normaux qui se passent dans cette foutue montagne, voilà pourquoi.

— On fera attention, ne vous en faites pas pour nous.

— Ouais. C'est ce que vous dites tous.

— Qui ça, tous ?

— Vous, les touristes. Et on vous revoit jamais dans les parages.

— Eh bien, c'est peut-être parce qu'ils sont tombés malades avec la bouffe qui est vendue ici. Je peux vous payer maintenant ?

Elle tendit un billet et lui dit de garder la monnaie, puis s'apprêta à repartir. Le type la retint par le bras.

— Vous devriez pas vous foutre de ma gueule comme ça. J'ai un ami qu'est parti ramasser des gentianes dans la pinède un jour.

— Ouais... Et alors ?

— Et alors ça fait plus de deux ans maintenant.

— Très bien, si on le voit on lui dira de vous passer un coup de fil. Maintenant lâchez mon bras ou je dis à mon copain de venir, et je vous assure qu'il sera beaucoup moins poli que moi.

Le type sourit, puis laissa ses doigts poisseux glisser sur sa peau. Les bras chargés de bouteilles, elle se dirigea vers la porte, qui se referma derrière elle dans un atroce concert de grelots.

— Je vous aurais prévenue, lâcha-t-il alors qu'elle était déjà sortie, avant de se mettre à rire grassement avec l'épicier.

Simone monta dans le van et vint se rasseoir à côté de Clarisse.

— T'en as mis du temps, dit Stan. Qu'est-ce qui s'est passé ?

— Roule, répondit-elle sèchement.

*

Peu après le déjeuner, la Mère passa dans les chambres pour s'assurer que chacun s'appliquait à faire la sieste, tradition séculaire au chalet. Mais si les jumeaux emplissaient déjà celle qu'ils partageaient de ronflements qui en faisaient vibrer les cloisons, Marie n'arrivait de son côté pas à trouver le sommeil, toujours en proie à des envies d'évasion. Cela ne manquait pas de causer bien du souci à la Mère qui, tandis qu'elle éviscérait une poule sur la table de la cuisine, se dit qu'elle méritait bien, elle aussi, un moment de détente. Sans même s'essuyer les mains ni lâcher son hachoir, elle poussa la porte de la cave, et descendit à pas feutrés les marches qui y menaient.

Pascal n'avait pas bougé depuis que Jim lui avait fait goûter de son poing la sensation d'être percuté par un semi-remorque. Attaché au mur par les poignets, son menton était toujours collé sur sa poitrine. La Mère vint lui tapoter la joue, presque doucettement, puis voyant qu'il restait sans réaction lui assena des gifles de plus en plus fortes, jusqu'à ce qu'il émerge enfin. Il se redressa à peine, levant des yeux embrumés vers le visage de la Mère, aux airs tout à fait crédibles de sorcière. Quand elle croisa le regard de Pascal, elle lui adressa un sourire, certes sincère, mais qui eut pour effet d'étirer ses traits effroyables, et de dévoiler une dentition évoquant une ville fraîchement bombardée, et pas par des frappes chirurgicales. Il écarquillait déjà des yeux terrifiés quand il découvrit le hachoir qu'elle tenait à la main. Elle leva la paume comme pour s'en excuser, et le posa sur le sol.

— Désolée. Je voulais pas te faire peur mon petit.

Mais cela ne calma évidemment pas ses tremblements, d'autant que derrière elle, Laurence n'était plus allongée sur la table métallique.

— Où est... où est ma femme ?

— Ta femme ? Voyons voir... Oh bah, elle doit pas être bien loin...

Elle se dirigea vers une étagère, fouilla un instant, puis revint avec un gros bocal dans les mains, qu'elle lui présenta.

— Voilà. Elle est là ta femme.

Pascal se sentit défaillir, sa tête se mit à chanceler. Sous ses yeux baignait en effet dans le formol un vagin, qui avait visiblement été découpé au couteau de chasse. Elle le gifla à nouveau, hilare.

— Je te faisais une farce ! Ta femme est brune, tu devrais être au courant pourtant !

Il revint peu à peu à lui, même s'il ignorait de quelle dimension il était prisonnier.

— Elle est bien où elle est, t'en fais pas. Elle faisait trop de bruit, alors mes fils l'ont juste mise dans la grange.

La Mère reposa le bocal et s'approcha un peu plus, faisant courir son regard lubrique sur le corps de Pascal, qui en ressentit dans sa chair la traîne visqueuse, avant de se mettre à lui caresser la poitrine, attention qu'il ne parut pas apprécier à sa juste valeur puisqu'il se plaqua contre le mur. Elle laissa descendre sa main vers son ventre avec langueur, alors qu'il frissonnait de plus en plus, puis brutalement lui empoigna la verge et les testicules. Il ne put retenir un cri suraigu.

— S'il vous plaît... Je vous en supplie, laissez-moi tranquille !

— Pourquoi tu me repousses ? Je suis encore dans la force de l'âge mon joli. Attends que je te montre de quoi je suis capable...

La vieille femme vérifia la bonne tenue de ses chaînes, puis souleva les pans de sa robe en se balançant sur l'un puis l'autre de ses pieds chaussés de sabots, lancée dans une danse de séduction inédite. Quelques secondes plus tard, une gaine de maintien glissa jusqu'à ses chevilles, parcourue de traces jaunâtres. Elle la jeta négligemment au visage de Pascal comme une effeuilleuse burlesque, puis lui tourna le dos en se penchant en avant, et découvrit entièrement ses fesses. Son derrière était flétri et décharné, c'était un cul de sorcière, à l'avenant du reste. Mais alors que l'échantillon présenté était bien suffisant aux yeux de Pascal, la Mère maintint la position un moment, puis se libéra soudain d'une flatulence gargantuesque, stupéfiante de puissance et de volume pour une femme si chétive. Elle fit durer la complainte de longues secondes, imprégnant d'un effluve répugnant Pascal, qui sentit son estomac remonter dans sa gorge. Mais il n'était pas au bout de ses peines. Tandis que le pet infâme s'éteignait doucement, il fut victime de ce qu'il crut être une hallucination : une grosse mouche bleue venait de s'échapper de l'anus de la Mère, visiblement soulagée d'en avoir trouvé la sortie. Ce n'est que lorsque cette mouche, au demeurant paisible, vint se poser sur son nez, que Pascal comprit que le cauchemar était bien réel.

La Mère fit retomber sa robe, et reposa la main entre les jambes du captif.

— Qu'est-ce qui se passe ? Je te plais pas ?

Elle s'agenouilla devant lui, ouvrit la fermeture éclair de son short, puis plongea la main à l'intérieur pour en extirper une verge flasque. Elle joua avec un instant, la taquinant du bout de l'index, avant de la prendre entièrement en bouche, la suçotant par-delà sa denture crénelée. Mais voyant que ses bons soins n'étaient que peu suivis d'effets, elle la recracha comme elle aurait expulsé une glaire, puis se redressa pour présenter à nouveau sa croupe sale et malodorante.

— Regarde-moi ! Je suis pas une bête, je suis humaine, comme toi !

— J'ai rien à voir avec vous, espèce de monstre !

Elle colla son cul crotté contre sa queue molle, et s'y frotta avec une grâce toute personnelle. L'organe y demeura cependant insensible.

— Très bien. Tu me laisses pas le choix mon chéri.

La Mère alla fouiner dans les tiroirs d'un établi. Elle en revint avec une épaisse corde tressée ponctuée par un nœud de pendu, qu'elle passa autour du cou de Pascal, le serrant juste assez pour que ses fibres viennent lui gratter la peau. Puis, sous ses yeux effarés, elle monta sur un petit escabeau et fit passer la corde au travers d'un crochet fixé au plafond. Le système de poulie était rudimentaire, mais efficient.

— Qu'est-ce que... qu'est-ce que vous êtes en train de faire ?

— Non seulement tu bandes pas, mais en plus t'es bête à manger du foin...

Elle serra cette fois réellement le nœud autour de son cou, puis se cramponna à la corde qui pendait du crochet. Pascal la supplia de ne pas faire ce qu'elle s'apprêtait à faire, mais à cela la Mère répliqua par l'affreuse grimace qu'elle pensait être un sourire, avant de se mettre à tirer. La corde rêche pénétra la chair de Pascal comme une morsure, tandis que son visage rougissait à vue d'œil. Bientôt, seul un mince filet d'air parvint jusqu'à ses poumons, et une peur panique s'empara de lui. La Mère mit encore plus de poids dans sa traction, étirant le corps du randonneur jusqu'à faire décoller ses talons. Le filet d'air rétrécit encore, et il se sentit atteindre un nouvel état de conscience, comme s'il venait de percer la fine membrane l'en séparant. Le décor se brouilla autour de lui, un flux d'adrénaline inonda ses veines gonflées, et un sourire se dessina sur les lèvres gercées de la Mère : Pascal bandait, enfin, et avec une vigueur surprenante.

Sans lâcher la corde, elle monta sur la première marche de l'escabeau et de sa main disponible lui ouvrit son cul. Regard tiré vers le plafond par la corde, Pascal ne voyait heureusement rien de ce qui se tramait à l'étage en-dessous, car la Mère approcha sa vulve fanée et baveuse de son pubis, la fit humer un instant à son gland, puis s'empala brutalement sur sa queue dressée, la faisant disparaître jusqu'à sa base. Pascal tenta bien de hurler, mais sa gorge serrée ne laissa rien filtrer tandis que la Mère respirait elle à pleins poumons, comme si cette queue inespérée était une bouteille d'oxygène qu'elle attendait depuis des siècles. Elle ondula du bassin avec lascivité, même si on était là loin de l'acception habituelle du terme, puis coulissa sur son sexe en poussant d'authentiques bêlements. L'épouvante grimpa encore chez Pascal, avant qu'une sensation étrange ne le décontenance peu à peu. Était-ce parce que son cerveau privé de sang faisait une crise de manque et troublait sa perception, ou bien parce que la Mère était plus mouillée à chaque va-et-vient ? Tout compte fait, il ne trouvait pas cette chatte si différente de celles qu'il avait pratiquées au cours de sa vie... Elle lui semblait même presque aussi chaude et accueillante que celle de Laurence, et il se maudit aussitôt d'avoir eu cette pensée.

La Mère perçut vite le questionnement éthique de Pascal et se retira. Ses doutes l'avaient affaibli, et l'état de sa verge donnait tout son sens à l'expression « demi-molle ». Elle lâcha un peu de lest sur la corde, si bien que le menton de Pascal retomba. Sa vision s'éclaircit, et il nota une vexation certaine chez la Mère, qui se pendit à la corde de tout son poids. Pascal sentit son cou craquer, et ses pieds ne touchèrent plus le sol que par la pointe.

Le brouillard emplit à nouveau ses yeux, et la peur de la mort contamina son corps tout entier, agité de soubresauts. Mais tout le sang refoulé sur le chemin de son cerveau par le nœud coulant semblait avoir choisi une seule et même destination de repli : son sexe, maintenant gorgé comme s'il était prêt à exploser. Reprenant appui sur une marche de l'escabeau, la Mère revint s'empaler sur le membre statufié.

— C'est ça, tape bien au fond, vas-y ! Je t'avais dit que j'avais de beaux restes !

Tandis qu'elle montait peu à peu vers l'orgasme, Pascal en faisait de même, ou plutôt sa verge seule, tant son esprit s'était détaché de ses fonctions corporelles, la Mort l'ayant déjà pris par la main.

La Mère jouit la première, et poussa un hurlement caverneux venu de ses entrailles, avant de se laisser choir sur l'escabeau. Dans une harmonie presque parfaite, Pascal atteignit l'orgasme dans les secondes suivantes, le terme étant toutefois réducteur. Ce fut en effet une véritable tempête de sperme qui s'abattit sur la cave, n'épargnant rien ni personne, et surtout pas le visage de la Mère, comme arrosé à la sulfateuse.

Dans sa jouissance, Pascal sentit ses dernières forces le quitter. Il ne voyait aucun tunnel, aucune lumière blanche à l'horizon. Je vais juste finir comme ça, se dit-il, pendu la bite à l'air. Mais soudain il ressentit un choc, et des éclats de conscience le frapper comme des éclairs, puis fut bien vite ramené à la réalité, dont les contours se précisèrent. La Mère lui faisait face, appuyée contre l'escabeau.

— Merci mon petit. Tu sais que le sperme est excellent pour la peau ? lui demanda-t-elle ainsi, reprenant là au mot près la question qu'il avait posée à Laurence.

Elle se léchait en effet les babines, tout en appliquant l'abondante livraison comme une crème de jour.

— Maman !

La Mère se tourna vers l'escalier, imitée par Pascal avec un léger décalage. Jim se tenait au bas des marches, dépité.

— Maman, t'avais dit que tu le ferais plus !

— Qu'est-ce que tu fais là ? Retourne faire ta sieste ! Dépêche-toi !

Au bord d'éclater en sanglots, Jim remonta l'escalier pour aller cacher sa peine.

— Il a jamais aimé prêter ses affaires, fit benoîtement la Mère, un filament de sperme pendant à son oreille droite.

*

Louer un van d'inspiration hippie avait certes paru être une idée rock'n roll pour un road trip entre amis, mais clairement pas la plus judicieuse pour gravir le chemin de terre et de rocaille qui menait à la cabane. Et alors que la bande pouvait enfin l'apercevoir derrière le lacet à venir, le véhicule signifiait par ses toussotements qu'il était à bout de forces. Stan s'acharnait sur l'accélérateur devant ses camarades qui, après l'avoir exhorté à cesser de faire hurler le moteur proche de l'explosion, sautèrent un par un de l'habitacle pour alléger le véhicule. Le van repartit telle une montgolfière délestée, et Stan ne s'arrêta plus jusqu'à la cabane. En dépit du plan et des indications fournis par les parents de Simone, ils avaient eu toutes les peines du monde à la trouver. Elle était perdue au cœur de la pinède, planquée dans une minuscule clairière accessible par un chemin escarpé que même les exploitants forestiers n'empruntaient pas.

Quand le reste de la bande rejoignit Stan, il était accroupi à l'arrière du van, là où se trouvait le moteur sur ce modèle. Il avait ouvert le capot, d'où s'échappait une fumée légère.

— C'est rien, juste le joint de culasse qu'a morflé. On pourra redescendre, mais faudra en changer dans la vallée.

Il y avait un porche abrité devant la porte, où était accroché un hamac. D'un échange de regards complice, Clarisse et Matt songèrent aux possibilités offertes par le balancier du filet, avant que Simone n'aille ouvrir la porte. On entrait directement dans un salon salle à manger, où régnait une prégnante odeur de bois humide, et dont les murs étaient ornés de tableaux de scènes de chasse et de têtes d'animaux empaillés. Un canapé au cuir usé était installé au centre de la pièce, avec à ses pieds la peau de ce qui avait dû être une paisible vache dans une vie antérieure, peau qui voisinait l'âtre d'une cheminée. Sur le rebord étaient posées des photos de famille, notamment une où Simone posait à douze ans en compagnie du berger allemand familial, juste à côté d'un canevas douteux représentant le même canidé germanique. Au-dessus de cet autel trônait un vieux fusil de chasse, accroché comme une œuvre d'art. Un coin ouvert du salon était dévolu à la cuisine, tandis que de l'autre côté on accédait par un étroit couloir à une salle de bains, qui faisait face à deux petites chambres à coucher. Rapidement, il fut décidé que les couples les occuperaient, tandis que Tom et Hortense dormiraient dans le salon, sur le canapé et un matelas posé à même le sol.

On déchargea ensuite les affaires et les vivres, et on comprit que le van avait dû refuser d'avancer dans la pente à cause, aussi, des cinquante litres de bière amassés dans le coffre, que Stan avait dégotés auprès de son fameux oncle brasseur. Il les porta lui-même fièrement et les entreposa dans la cuisine avec les kilos de fromage, de guacamole, de nachos, d'entrecôtes, de saucisses, ainsi qu'avec les rares feuilles de salade qui constituaient le reste du chargement.

Clarisse et Matt furent les premiers à prendre possession de leur chambre, impatients de quitter leurs vêtements pour une douche bien méritée. En plus de leur valise, ils avaient apporté un petit sac de sport, dont Clarisse étala le contenu sur le lit avec une certaine excitation : huiles de massage, vibromasseur, godes de tailles et de formes diverses, plug anal, cravache, menottes...

Matt fit glisser sa main au-dessus du précieux butin, puis se saisit du gode le plus impressionnant, moulé aux dimensions surhumaines du membre de John Holmes, célèbre acteur de métrages pornographiques. Un monstre veinelé de trente centimètres de long et six de diamètre, qu'il observa à la lumière du soleil qui déclinait au dehors.

— Celui-là irait bien dans le cul de Stan, tu trouves pas ?

— Ouais... Une fois qu'on lui aura retiré son balai bien sûr...

Leurs rires furent à peine assourdis par la fine cloison les séparant de la chambre voisine, d'habitude occupée par les parents de Simone.

— Ils doivent se raconter les saloperies qu'ils prévoient de faire ici, ces deux animaux, s'agaça Stan.

Il y avait un large tableau au-dessus du lit, dans le plus pur style naïf. On y voyait un homme blanc et une femme noire entièrement nus, qui faisaient l'amour dans un alpage à l'herbe verdoyante, entourés de chèvres, de marmottes, de bouquetins et autres animaux de la montagne. Simone devint écarlate, puis se rua sur le tableau pour le décrocher.

— Je pensais pas rencontrer tes parents de cette façon, fit Stan en retrouvant le sourire.

Rangeant plus tard sa collection de tee-shirts, elle découvrit dans le tiroir d'une rustique commode un étonnant assortiment : fouet à lanières tressées, bâillon à balle en caoutchouc, pinces à seins, masque de bourreau en cuir, corde de bondage...

— Qu'est-ce qu'il y a ? demanda Stan en la voyant figée devant la commode.

— Rien, rien du tout. Ce bois est juste vraiment magnifique, dit-elle dans un sourire crispé, avant de refermer brusquement le tiroir.

✶

Quelques heures et un certain nombre de bières plus tard, dans un salon dont la touffeur faisait coller les vêtements aux épidermes, on parlait un peu de tout, beaucoup de rien, mais surtout on récupérait du long trip surchauffé. Le clou des festivités n'était censé intervenir que le lendemain soir, quand chacun serait en pleine forme, et paré de ses habits de lumière.

Hortense était calée à un bout du canapé, mains sur les genoux, avec Matt à sa droite et Clarisse allongée au-delà, jambes sur les cuisses de son partenaire. Une canette à la main, Tom furetait dans la pièce d'un trophée de chasse à un autre, et se perdait dans l'œil encore vif d'un sanglier des montagnes. Simone et Stan étaient avachis dans un énorme pouf, ce dernier serrant sa petite amie comme si l'arrivée d'un car de Vikings assoiffés de sexe était imminente.

— Vous saviez que le sanglier pouvait lâcher près d'un demi-litre de sperme pendant l'accouplement ? demanda Tom avec ingénuité.

Stan recracha sa gorgée de bière sur le plancher.

— Je vois pas comment on pourrait être au courant. T'es le seul à être assez tordu pour savoir un truc pareil, se chargea de répondre Clarisse, au nom de la collectivité.

— Ça doit procurer un orgasme... tellurique ! Ils doivent tomber raides morts après ça.

— On va pas aller se coucher maintenant, qu'est-ce qu'on fait ? Vous êtes partants pour un jeu ? demanda Simone, agacée par les bras lourds et épais de Stan autour de ses épaules.

— Les jeux qu'on a amenés, c'est pas vraiment des jeux de société, si vous voyez ce que je veux dire, sourit Matt.

— Ouais, tout le monde voit ce que tu veux dire, grinça Stan. Peut-être qu'il y a un Mille Bornes dans un placard ? ajouta-t-il très sérieusement.

— C'est pas de ce genre de jeu dont je parlais, dit Simone.

— Tu veux dire, plutôt action ou vérité ? demanda Tom.

— Pourquoi pas ? C'est juste pour se marrer un peu, répondit-elle en se défaisant de l'étreinte de Stan.

— Ce jeu, c'est pour les gosses qui veulent jouer à touche-pipi.

— Désolée, je croyais que t'aimais n'importe quel jeu, pourvu qu'on puisse tenir une bière en jouant, persifla-t-elle avant de se lever.

— Décompresse, fit Tom. Ce qui se passe à la cabane reste à la cabane. D'ailleurs si tu peux pas supporter ce soir, qu'est-ce que ça va être demain ?

Stan soupira en lui décochant un regard noir, sa grande carcasse écrasée dans le pouf. Hortense leva la main telle une écolière timide.

— Avant que... avant qu'on aille plus loin, j'aimerais bien vous dire quelques mots que j'ai écrits.

On accéda bien sûr à sa requête, intrigué par sa solennité fébrile. Elle se leva et déplia un texte soigneusement tapé à la machine.

— Dans nos sociétés cyniques, individualistes et déshumanisées, à cette époque où chacun se doit de porter un masque de distance et de hauteur sur le monde, un masque qui n'est rien d'autre que le symptôme de sa résignation à vouloir le changer...

À ces premiers mots, l'assistance fut parcourue de froncements de sourcils perplexes.

— ... nous, la jeunesse, devons impérativement, afin de ne pas nous laisser dévorer par cet environnement de plus en plus concurrentiel, cesser d'être des machines programmées pour accomplir des vies dont nous n'avons pas choisi les standards supposés de réussite. Pour cela, nous devons revenir au plus près de notre « être instinctif », et par là, j'entends revenir au plus près de nos désirs profonds. Même les plus improbables. Même les plus inavouables. Nous ne devons pas forcément les satisfaire, mais au moins nous prouver qu'ils n'ont rien d'improbable, rien d'inavouable. Que le mot « tabou » ne signifie rien pour nous.

L'on commença à comprendre où Hortense voulait en venir. Titillée, Clarisse glissa subrepticement son pied sur la cuisse de Matt, et caressa son sexe du bout des orteils, qui se mit peu à peu à enfler sous le bermuda. Après quelques instants, il posa doucement la paume sur ce pied intrusif, et l'invita à accentuer la pression sur son membre.

— Et pour parvenir à nous libérer des chaînes que sont les conventions et les traditions, nous avons besoin d'un cadre rassurant, dans lequel nous puissions nous sentir à l'aise, en confiance. D'un cadre symbolique, par exemple, un groupe d'amis partageant une même vision, en ce qui nous concerne. Mais aussi un cadre physique, où soient réunies les conditions nécessaires à cette libération.

Clarisse massait désormais avec une vigueur impudente le sexe de Matt, qui s'étirait le long de sa cuisse.

— C'est dans cette optique que nous avons décidé de venir jusqu'à cette cabane. Pour tenter de créer ces conditions. Pour partager ces désirs, et faire vivre notre amitié d'une façon non conventionnelle. Pour pouvoir être nous-mêmes, pleinement, sans craindre le jugement moral de quiconque. C'est pourquoi, et j'espère que tu ne m'en voudras pas Simone, je me permets de vous souhaiter la bienvenue à la cabane libre, la cabane de tous les possibles !

À ce dernier mot, on entendit une mouche voler, littéralement. Et puis tout à coup, comme après un clap de départ tacite, ses camarades l'applaudirent à tout rompre, sifflant et poussant des cris, même si Stan parut se forcer un peu. Simone vint prendre Hortense dans ses bras, pressant ses seins contre sa poitrine menue, ébahie que la plus discrète d'entre eux se soit dévouée pour prendre ainsi la parole, et surtout qu'elle ait su mettre des mots si justes sur une idée vaguement lancée quelques semaines plus tôt sur une pelouse de fac. Les bases théoriques du séjour ainsi posées, l'urgence de passer à la pratique se faisait plus vive encore.

Euphorisée, Simone sautilla vers le radiocassette posé à côté de la cheminée, et très vite retentit la rythmique imparable de *Rapture* de Blondie. Elle se mit à danser au milieu du salon et tenta d'entraîner Hortense avec elle, mais cette dernière, qui avait épuisé son capital de témérité pour la soirée, déclina poliment et se rassit sur le canapé.

Simone ne s'en formalisa pas. Sous l'emprise du morceau, elle se lança dans une chorégraphie fiévreuse devant le canapé, se cambrant effrontément, laissant son bassin se mouvoir seul comme si elle lui avait donné sa permission de minuit. Sa robe légère et très courte dévoilait le délicieux repli de ses fesses si charnues à chaque coup de reins un peu trop prononcé. Absorbé par le spectacle, Tom était figé dans une expression béate à laquelle il ne manquait qu'un filet de bave à la commissure des lèvres, tandis que dans le canapé le couple ne pouvait détacher ses yeux de ce cul libre et arrogant. Le pied de Clarisse revint s'insinuer entre les jambes de Matt, ravi de l'attention, puis se hasarda vers Hortense. Elle le posa avec douceur sur sa cuisse, cherchant son regard sans le trouver. Hortense sourit toutefois subrepticement, et Clarisse se sentit invitée à poursuivre. Elle agrippa le pan de sa longue robe avec ses orteils, et la fit peu à peu remonter sur sa peau, sans qu'Hortense montre de résistance.

Face à eux, Stan restait interdit, ses yeux allant des jambes d'Hortense lentement dévoilées aux courbes de Simone bougeant de façon trop peu décente à son goût. Ses fesses n'avaient maintenant plus besoin de ses déhanchés pour se révéler puisqu'elle s'était mise à soulever sa robe à chaque pic rythmique de la chanson, accompagnant son exhibition de gloussements sucrés.

Avec une grande délicatesse, Matt prit le relais de Clarisse en saisissant du bout des doigts la robe d'Hortense, qui se laissait faire telle une poupée sexuée devenue le jouet consentant du couple. Bientôt l'étoffe laissa apparaître ses cuisses blanches et osseuses, pudiquement collées l'une contre l'autre.

Passablement alcoolisée dans une chaleur moite, Simone perdait peu à peu le contrôle. Elle passait ses mains sous les épaules de sa robe, pressée de les faire tomber. Stan ne put en supporter davantage. Il bondit du pouf et éteignit la musique.

— Pourquoi t'as fait ça ?

— Je suis crevé. On va se coucher ?

— Non. Remets la musique.

— Simone, on a eu une grosse journée, t'as un peu trop bu, on va aller se reposer d'accord ?

— Me parle pas comme à une gosse. Tu vois pas que je m'amuse, et que je veux continuer à m'amuser ?

— Tu t'amuses peut-être, mais ce que je vois, c'est que tu te donnes en spectacle en dansant comme... comme une...

— Comme une quoi ? Vas-y Stan ! Comme l'a dit Tom tout à l'heure, si tu peux pas supporter ce soir, eh bien demain tu...

— Il se passera rien demain soir, ça tu peux me faire confiance.

— Tu devrais aller te coucher, ça te fera beaucoup de bien. Chéri.

— Oui, je crois que c'est ce que je vais faire.

Stan voulut faire une sortie théâtrale vers sa chambre avec des airs de tragédien, mais il en fit une d'un tout autre genre quand son pied roula sur une bouteille au sol, sa lourde masse musculaire s'écroulant sur le parquet. Personne n'osa en rire. Il claque sa porte avec rage, la faisant trembler sur ses gonds. Simone relança la musique, mais le titre suivant sur la cassette, *Need You Tonight* d'INXS, rompit définitivement le charme.

5

Laurence s'éveilla au chant des oiseaux de la pinède, tandis que les rayons du soleil s'invitaient dans la grange et caressaient la paille attendrie par l'air humide de la nuit. Elle ne fut toutefois qu'assez peu sensible aux beautés simples de l'aurore, puisque lorsqu'elle ouvrit les yeux, elle constata qu'elle était étendue sur un tas de foin parfumé au purin, qu'un large ruban adhésif l'empêchait d'ouvrir la bouche, que ses mains étaient liées dans son dos par une corde, et qu'un collier de métal la maintenait attachée par une lourde chaîne rouillée à un crochet planté dans le sol. La tête ankylosée par une fièvre tenace et le corps perclus de pointes de douleur et de courbatures, elle tenta tant bien que mal de se redresser. La faible longueur de la chaîne lui permit tout juste de se tenir debout, et elle réalisa qu'elle avait certes été rhabillée, mais que ses vêtements, un tee-shirt où était inscrit en grandes lettres fluo vert « la randonnée, c'est le pied ! », ainsi qu'un jean troué bien trop large, n'étaient pas les siens et exhalaient une odeur singulière, de celles qu'on trouvait dans les profondeurs des panières à linge sale.

Faisant un tour sur elle-même pour évaluer son environnement, Laurence eut un sursaut apeuré. Dans un recoin de la grange se trouvait une chèvre qui la fixait, si immobile et silencieuse qu'elle se demanda un instant si elle n'était pas empaillée. L'animal ne se désintéressa d'elle qu'après de longues secondes, et se remit à ruminer la paille de son auge.

Laurence testa la résistance du crochet en tirant sur sa chaîne, mais il était trop solidement ancré dans la terre sèche. Découragée, elle se laissa tomber sur la paille. Les rais de lumière qui perçaient entre les planches furent coupés un à un par l'approche d'une silhouette ogresque. Elle se recoucha aussitôt sur son lit de fortune et fit semblant de dormir. La porte de la grange s'ouvrit dans un grincement pénible, et des pas balourds firent trembler le sol.

— Alors, on a bien dormi ? demanda Jules avec entrain.

Laurence continua de feindre le sommeil. Il ne fit qu'agripper sa frêle épaule et manqua pourtant de la lui déboîter.

— Allez, réveille-toi !

Elle rouvrit les yeux, tétanisée, et découvrit le visage crasseux de celui qui avait sérieusement songé à planter son avant-bras dans son vagin. Il arracha l'adhésif sur ses lèvres, et elle se traîna à reculons comme un animal effrayé. Une fois la chaîne tendue, le métal du collier tira sur la fine chair de son cou.

— Aie pas peur... Je suis juste venu voir comment t'allais.

Et étrangement, les yeux de Jules ne disaient pas autre chose.

— Ça... ça va, bredouilla-t-elle en tremblant.

— C'est vrai ? On t'a pas trop embêtée hier ? demanda-t-il toujours avec candeur.

Cet âne croit vraiment tout ce que je lui dis, songea-t-elle, médusée.

— Non, vous m'avez pas embêtée. Mais j'aimerais bien rentrer chez moi maintenant... Tu crois que ça va être possible ?

Il détourna les yeux, comme si la question l'embarrassait.

— C'est pas grave Jules. C'est bien comme ça que tu t'appelles ?

Si on avait pu faire sauter la croûte de saleté séchée sur ses joues, on aurait pu les voir rougir.

— Tu sais Jules, je voudrais bien avoir mes anciens habits. Ceux-là sentent vraiment pas bon.

— Pas possible, répondit-il en secouant la tête. On les a mis dans la poubelle avec Jim. On les avait découpés pour te mettre toute nue.

— Et ces habits-là... c'est des habits à vous ?

— J'ai pas le droit d'en parler, grogna-t-il, un brin agacé.

— Les gens qui étaient dans ces habits, ils sont où maintenant ? Il leur est arrivé quoi ?

— Y sont là où ils peuvent plus en parler ! Pourquoi tu poses toutes ces questions ? T'aurais préféré qu'on te laisse toute nue dans la grange ? On pouvait pas faire ça, on n'est quand même pas des bêtes.

Un frisson glacé transperça Laurence. Elle l'avait craint sans oser y croire, mais c'était bien la sordide réalité : elle portait les vêtements de randonneurs morts.

— Bon ben si ça va, je peux m'en aller.

— Vraiment ? Tu… tu veux pas rester un petit peu ? se surprit-elle à demander, comme si la compagnie d'un névropathe restait préférable à celle de la chèvre.

— Pour quoi faire ?

— Je… je sais pas. Pour… parler un peu par exemple.

— Nan, pas une bonne idée ça. Je pourrais faire des bêtises avec toi.

— Jules, tu sais… on pourrait se rendre service tous les deux. Je te montre mon minou, et toi tu pourrais détacher la…

— Nan, j'ai pas le droit de regarder les minous tout seul. Tout ce que je fais, je le fais avec mon frère. Mais je veux bien parler si tu veux !

— Je veux partir… sanglota-t-elle soudain, à bout de nerfs.

— T'as déjà fait des bébés ? demanda-t-il sans même voir qu'elle était au bord des larmes.

— Non. Pourquoi tu me poses la question ?

Jules s'assit dans la paille à son tour.

— Tu sais, c'est ici que la Mère elle nous a faits avec mon frère, dit-il sur un ton apaisé, comme s'il se confiait à une oreille amie. Elle nous a faits sur la paille. Juste là où t'es.

Laurence réprima un haut-le-cœur.

— Paraît que c'était une vraie boucherie. Tu sais, y avait pas de docteur dans le coin alors le Père, il a fait comme quand les vaches elles mettent bas... Et t'as vu, il s'est bien débrouillé ! Enfin... pour Jim y a pas vraiment eu de problème, mais moi on a dit que je voulais pas sortir du minou à la Mère... Et comme c'est mes pieds qu'étaient dehors en premier, y me les a attachés à un treuil... Sauf que la pression, elle était trop forte sur la corde à cause que mon père il avait bu trop de vin et qu'il avait mal réglé le treuil, eh ben du coup je suis sorti d'un seul coup du minou de la Mère et je suis allé cogner ma tête contre le poteau que tu vois là-bas derrière. C'est pour ça que... depuis ce jour-là ben je suis un peu plus lent que mon frère.

— Oh, c'est vrai ? J'avais rien remarqué pourtant. Écoute Jules, fit-elle d'un ton pressant, je voudrais revoir mon mari maintenant.

— Nan. Ça non plus c'est pas possible.

— Dis-moi juste s'il est vivant...

— Ben oui, il est vivant. Mais hier, il a eu la visite de la Mère, et après ça il était dans un drôle d'état...

Cette fois Laurence n'en put plus, comme si toute parcelle de patience l'avait abandonnée.

— Enlève-moi ce collier et tout le reste. Je veux partir d'ici. Laisse-moi partir !

Jules redressa sa carcasse sans répondre, et se dirigea vers la porte.

— Et ton père ? Il est où ton père ? Il est mort ?

Il marqua un temps d'arrêt, puis se retourna lentement vers elle. Toute naïveté avait disparu de son visage, désormais au diapason de son corps de croque-mitaine.

— On parle pas du Père, t'as compris ?

— C'est ça, il est mort ouais... Il a dû crever de chagrin en voyant les deux bêtes immondes qu'il avait enfantées...

Ses yeux se révulsèrent dans leurs orbites, et il se rua sur elle comme un grizzli en furie. Il la retourna comme un fétu de paille pour la mettre sur le ventre, s'assit sur ses jambes, arracha son tee-shirt puis tira avec rage sur les pans de son jean. Le temps de claquer des doigts, Laurence était allongée nue dans le fourrage, le cou entravé de métal. Quand il eut lancé ses vêtements au pied de la chèvre qui demeura sans réaction, Jules n'était plus que grognements primitifs, une bave abondante lui coulant du coin de la bouche.

Si la peau de Laurence était ambrée par un joli bronzage, elle avait sur les fesses la marque claire d'un bikini porté lors d'un séjour récent à la plage. Jules fut irrésistiblement attiré par ce triangle diaphane, et se mit à le gifler de ses terribles battoirs, arrachant à Laurence des cris de pure douleur. Pour la faire taire il lui bourra la bouche de paille, et après que ses paumes se furent acharnées encore un peu, il se saisit de la chaîne et la fit claquer sur la peau blanche, imprimant dans la chair éprouvée le dessin cramoisi des maillons.

S'il s'essouffla bien vite, c'est étrangement dans l'entrefesse de Laurence qu'il choisit de chercher un peu d'air. Il y insinua son nez tel le groin d'un porc, le fouillant comme pour reconnaître un semblable.

— Ton cul, y sent l'églantine... Je suis sûr que même ta merde elle sent bon, lâcha-t-il entre deux profondes inspirations.

Il écarta les fesses de Laurence si brutalement qu'elle les crut arrachées, et put alors admirer la vue sur son anus convulsé. Un sourire de dément se dessina sur ses lèvres, avant que sa langue durcie ne sorte lentement de sa bouche, telle un pénis en cours d'érection. Il força sans mal le verrou de son cul, y plantant sa muqueuse comme un pieu, puis se cramponna aux hanches de Laurence, dont les hurlements étaient étouffés par le foin qui obstruait sa gorge, faisant pénétrer ses ongles noirs dans son épiderme. Il se mit ensuite à secouer les flancs de sa captive à un rythme frénétique, se délectant du goût organique de ses parois.

Quand il fut rassasié, Jules essuya d'un revers de main la salive mêlée de crasse qui lui barbouillait le visage, puis se redressa sans quitter des yeux le cul de Laurence, et entreprit de défaire les bretelles de sa salopette. Mais tandis que le vêtement était prêt à tomber et qu'elle serrait les dents en attendant le châtiment, l'éclat terrifiant dans son regard parut s'évaporer.

— Je peux pas. Je peux pas faire ça sans mon frère. J'ai pas le droit. S'il apprend que je fais ça dans mon coin, il va être très très en colère.

Et tandis qu'elle recrachait la paille, suffocante, il alla ramasser ses vêtements échoués devant la chèvre. Quand il revint, Laurence leva vers lui des yeux emplis de tout le mépris dont elle était capable.

— Vous faites tout ensemble alors ? demanda-t-elle entre deux expectorations. Et vous baisez tous les deux aussi ?

Jules se retint difficilement d'exploser.

— D'accord, eh ben je vais les cramer tes habits, comme ça tu vas te retrouver à poil !

— Je m'en fous, elles puent la mort ces fringues de merde !

Il claqua avec fureur la porte de la grange, faisant vaciller ses murs branlants, puis courut brûler les vêtements de Laurence sur le tas de fumier derrière la maison. Il tourna longtemps autour de la colonne de fumée, ne sachant que faire de l'érection monumentale qui perçait sous sa salopette, mais ne pouvant se résoudre à la laisser mourir. Il descendit à la cave, y récupéra une chignole, puis s'enfonça dans la pinède. Une fois à l'abri supposé des regards, il choisit un pin au tronc large, en caressa l'écorce, puis y planta son outil et chignola avec rage. Il ne s'arrêta que lorsque le trou atteignit les dimensions d'un fourreau pour une dague de bonne taille, et une résine tiède coula des veines de la pinacée, lubrifiant la cavité.

Le reste appartient à Jules, c'est une histoire de communion entre l'homme et le végétal, que la pudeur et le respect pour son intimité nous empêchent de retranscrire ici.

✶

Échaudé par la soirée de la veille, Stan dormit mal et se leva seul, laissant Simone étendue nue sur les draps en bataille. Avant de refermer la porte il songea un instant à plonger son érection matinale dans le sillon de ses seins, et à la réveiller ainsi avec son gland au bord des lèvres, mais comme souvent il préféra oublier cette idée. « Non, y a que les mecs qui respectent pas leur copine qui font ce genre de truc », voulut-il en effet se persuader.

Vêtu d'un simple caleçon, il alla se préparer un café puis se posa dehors dans le hamac, profitant du silence de la forêt déjà échauffée par le soleil du matin. Hortense se leva peu après, drapée dans une chaste chemise de nuit, et partit le rejoindre sous le porche.

— Hey Hortense. Bien dormi ?

— Oui, merci. Je t'ai pris un peu de café, tu m'en veux pas ?

— Oh, si, je suis furieux…

Stan but une gorgée tandis qu'elle posait une chaise pliante sur le plancher. Il observa avec circonspection l'érotisme tout relatif de son long et lâche vêtement.

— Tu sais Hortense, je te dis ça avec mes mots à moi, le prends pas mal mais... C'est dommage que tu te mettes pas plus en valeur. Tu manques de confiance en toi, de confiance dans ton charme je veux dire, et ça c'est vraiment bête parce que je t'assure, t'en as vraiment plein. Si ton capital de charme c'était... c'était, je sais pas, un pack de bières, alors ce serait un pack de vingt-quatre, je te jure, et j'aurais envie de me servir tout de suite... Bon, c'est sûr, ton charme il saute pas aux yeux comme ça, mais...

Hortense porta sa tasse à ses lèvres pour dissimuler une moue contrariée.

— Scuse-moi Hortense, je suis maladroit. Mais vraiment, je te regardais hier soir et... Tu sais, y a un paquet de filles très belles qu'ont aucun charme ! Parce qu'elles ont pas ce petit truc en plus, ce truc qui s'explique pas, qui s'apprend pas, qui se travaille pas. Et toi, je peux sentir que t'as ce truc, je t'assure. Il est encore loin, loin en toi, mais il est bien là, il attend que ça, de sortir et d'exploser...

Elle but à nouveau, mais cette fois pour masquer une fierté embarrassée, le rouge lui montant aux joues. La porte de la cabane s'ouvrit. Simone se tenait sur le seuil, avec sur les épaules un tee-shirt Mickey qui lui tombait juste sous les fesses. Elle les salua avec entrain, mais Stan répondit à peine, renfrogné.

Une heure plus tard, elle vint lui annoncer qu'elle avait envie d'aller se promener dans les bois. Il tenta de s'extraire du hamac, signifiant lourdement qu'il lui faisait une fleur, mais elle lui dit de ne surtout pas se fatiguer. C'était avec Tom qu'elle avait décidé de partir.

*

Tous deux marchaient hors de tout sentier dans une pinède à peine troublée par quelques oiseaux bavards, et tandis qu'ils discutaient Tom luttait pour ne pas se laisser distraire par les courbes de son amie, qui portait un minuscule short en jean aux pans effilochés ainsi qu'un débardeur trop lâche laissant entrevoir son soutien-gorge noir, et il songea qu'il n'y avait jamais eu aussi peu de tissu pour le séparer du corps nu de son objet de désir. Même lorsqu'il parvenait à se concentrer sur les paroles de Simone, il ne voyait plus que la chair trop rose de ses lèvres qui ondoyait et charriait des mots comme autant de caresses à son oreille érogénisée. Autant dire que lorsqu'elle s'accroupit près d'une branche sur le sol pour observer un papillon aux couleurs chatoyantes, et que l'on entendit craquer la couture de son short, il aurait volontiers demandé un temps mort à l'arbitre.

— Il est magnifique, fit-elle en se relevant, le papillon en équilibre sur son index tendu.

— Oui, ça s'appelle un Apollon.

— C'est ça. Arrête, tu viens juste de l'inventer.

— Non, je t'assure. *Parnassius apollo*, c'est son nom savant.

— Mais comment tu sais ça ?

— Je collectionnais les papillons quand j'étais petit.

— Tu devais être un petit garçon très solitaire.

— C'est vrai, je... j'avais pas beaucoup d'amis à l'époque.

— Mais par contre, t'avais un ami imaginaire c'est ça ?

— Pourquoi tu te moques de moi ?

— Je rigole Tom, je trouve ça génial que tu saches ça. Et même un peu sexy, si tu veux tout savoir.

— Sexy, bien sûr... Tu sais Simone, je sais bien que si t'as voulu que je vienne avec toi, c'est uniquement pour emmerder Stan.

— D'abord, je ne sais pas ce qui te fait penser ça, à part un manque de confiance en toi pathologique, et deux, ça n'a rien à voir mais... tes yeux sont bloqués sur mes seins depuis le début de cette conversation.

— Je suis désolé. C'est l'instinct, je ne peux pas lutter. J'ai beau te voir comme une amie, ton corps est juste trop... sexuel, tu comprends ? Même si t'étais ma sœur, je crois que je n'arriverais pas à oublier la dimension purement sexuelle de ton enveloppe corporelle.

— Si j'étais ta sœur, t'essaierais de coucher avec moi, c'est ça ?

— Avec un corps comme ça c'est clair ! fit-il enthousiaste. Désolé, tu dois me prendre pour un gros pervers, regretta-t-il aussitôt.

— Non. Je ne te vois pas comme un pervers Tom. Je te vois comme quelqu'un d'un peu maladroit, c'est vrai, mais drôle, intelligent, et surtout je te vois comme un vrai ami. Comme un frère, même.

— Ah. Comme un frère.

— Ça n'a pas l'air de te faire plaisir.

— Un frère avec qui tu pourrais coucher alors ?

— Qu'est-ce qui m'en empêcherait ?

— Voyons. Je ne suis pas ton genre, si tu me permets.

— Oh, toujours ce complexe de virilité. Les mecs, faut vous mettre ça dans le crâne, la virilité, ça va bien au-delà des muscles et d'une supposée paire de couilles. Pour moi la virilité, elle est surtout logée sous la boîte crânienne...

Levant les yeux, ils virent une fumée noire faire irruption dans le bleu du ciel.

— Je croyais qu'il n'y avait personne dans le coin, dit Tom.

— Je croyais aussi. Allons voir ça tout de suite.

— Hum, t'es sûre que c'est une bonne idée ?

— Allez, prouve-moi que t'es un homme, un vrai !

— Et qu'est-ce que j'y gagne ?

— Je sais pas... est-ce que t'as envie de voir mes seins ? demanda-t-elle, désarmante.

Tom fit mine d'hésiter, puis s'empara de sa main et l'emmena à travers la pinède d'un pas léger. Après avoir parcouru une centaine de mètres, ils atteignirent la source de la fumée, une clairière où était bâti un vieux chalet, derrière lequel brûlait un tas de fumier.

— C'est bon. On a vu d'où venait la fumée. Tu peux me montrer tes seins maintenant.

— Attends, on va s'approcher un peu. Ce chalet est dément, on dirait qu'il a des siècles.

— Pour ça, je veux au minimum les toucher.

— Très bien. Marché conclu.

Ils pénétrèrent dans la clairière et firent le tour de la demeure, découvrant avec stupeur la décharge à ciel ouvert qui s'étendait devant : carrosseries défoncées, blocs-moteurs rouillés, pièces détachées et bouts de ferraille en tous genres, mais aussi morceaux de plastique, tas de bois épars ou fûts au contenu inquiétant… Même la maison semblait les observer d'un œil menaçant. Une poule déplumée vint donner un coup de bec sur le pied de Tom, qui la repoussa sans ménagement.

— Je le sens pas Simone. J'aime pas cet endroit.

— Si tu pars maintenant, tu perds tout.

— De toute façon, c'est ridicule. On sait tous les deux très bien que je verrai jamais la couleur de tes seins.

— Oh, vraiment ?

Elle remonta son débardeur sur sa poitrine, puis saisit le bonnet gauche de son soutien-gorge et le souleva sans quitter Tom des yeux. Quand il vit son sein au galbe parfait apparaître en s'affaissant à peine, couronné par une aréole au rayon idéal pour que sa langue s'y perde en tourbillons, il ressentit un authentique vertige. Le voyant dans tous ses états, Simone éclata de rire.

— À suivre, fit-elle avec malice, avant de se recouvrir.

Elle s'immergea ensuite dans le capharnaüm, passant en revue ce qui pouvait ressembler à des pièces de voiture.

— Peut-être qu'on trouvera le joint de culasse que Stan voulait. Tu sais à quoi ça ressemble toi, un joint de culasse ?

— J'ai l'air d'un type qui sait à quoi ça ressemble ? De toute façon, même si on en trouve un, on va pas le voler.

— C'est précisément pour ça qu'on va aller frapper à la porte.

Simone se dirigea vers le chalet, et Tom fut bien obligé de la suivre, guère rassuré. Elle frappa trois coups énergiques.

— J'aime pas cet endroit Simone.

— Je sais. Tu l'as déjà dit.

La porte s'entrouvrit en grinçant. Dans le mince interstice, on décelait à peine le visage fripé de la Mère, tapie dans la pénombre. Mais son parfum de poubelle mal refermée franchit bien le pas de la porte.

— Pardon de vous déranger madame, dit Simone, à deux doigts de se boucher le nez, mais avec mon ami...

— Comment vous êtes arrivés ici ? demanda sèchement la Mère.

On s'est repérés à l'odeur, voulut-elle répondre.

— Par hasard madame, en se promenant dans la pinède...

Et donc, on se demandait si dans ce... cet espace de stockage vous aviez un joint de culasse ? On vous paierait le prix qu'il vaut, ça va de soi.

— Je peux pas vous aider, désolée.

— Mais... peut-être qu'il y a un homme dans la maison qui pourrait nous dire si...

— Écoute ma jolie, je sais ce que c'est un joint de culasse. Et je te dis qu'on n'en a pas.

— Simone, on va peut-être pas embêter la dame plus longtemps...

Tom tirait discrètement sur le débardeur de son amie quand on entendit le grondement d'un diesel encrassé. Un puissant pick-up rouge se hissa jusqu'au chalet par un chemin abrupt et caillouteux, puis se gara au beau milieu des déchets. Quand le chauffeur en descendit, ils ne distinguèrent d'abord à contre-jour qu'une immense silhouette coiffée d'une casquette, qui avançait chaussée de godillots telles des bottes de sept lieues. Et puis un visage aux traits néandertaliens et couvert de suie leur apparut.

— Qu'est-ce qui se passe ici ? demanda Jim.

— Ces jeunes gens sont perdus, et ils allaient repartir, dit la Mère.

— Oui, exactement, n'est-ce pas Simone ? fit Tom, pressant.

— On n'est pas perdus, on cherchait juste...

— J'avais jamais vu de négresse en vrai avant, la coupa Jim.

Et pour être honnête, j'aime beaucoup ce que je vois, ajouta-t-il avec un regard qui donnait tout son sens au mot « libidineux ».

— Je sais pas si je dois me sentir flattée ou horriblement insultée.

— Prends-le comme tu veux. Négresse.

Il échangea alors un sourire lourdement complice avec sa mère.

— Je sais pas de quelle juridiction dépend votre maison, mais dans notre monde à nous, ce genre de propos est puni par la loi.

— Ce que je sais, c'est que t'as l'air très loin de ton monde à toi, et que tu devrais te dépêcher d'y retourner.

Pendant que Simone avait maille à partir avec la Mère et son fils, une fenêtre à l'étage, dont le voile ondulait, attira l'attention de Tom. Bientôt la fine étoffe se souleva, et le visage juvénile de Marie lui fut révélé, la pâleur de sa peau contrastant avec le brasier de sa crinière rousse. Leurs yeux ne se croisèrent qu'un bref instant, aussi troublés l'un que l'autre, car Tom abaissa vite les siens, comme s'il avait senti que la jeune fille était dans l'interdit en s'exposant à un étranger, et qu'il se rendait ainsi complice de sa faute. Depuis l'étage, Marie aurait voulu qu'il la dévore des yeux pour l'éternité, mais ne savait que faire pour l'attirer à nouveau vers elle.

Ébranlé par cette vision fugace, Tom n'écoutait que d'une oreille distraite la discussion tendue entre Simone et Jim, quand

Jules émergea de la pinède avec allégresse. Il découvrit le petit groupe assemblé sur le perron et le rejoignit, sa chignole dégoulinante de résine à la main. Simone savait qu'il était préférable de partir, mais elle ne voulait pas s'avouer vaincue.

— Bonjour monsieur, fit-elle à l'intention de Jules sur un ton d'une rare cordialité.

— Bon... bonjour, répondit-il, décontenancé.

— Nous sommes à la recherche d'un joint de culasse.

— Y a aucun joint de culasse ici, trancha Jim.

— Mais si... mais si y en a, dit Jules. Je vais vous montrer moi !

Avec une vivacité et une adresse toujours aussi étonnantes, la Mère lança un caillou de bonne taille droit sur la tempe de Jules, faisant retomber tout son bel enthousiasme.

— Maintenant on va se dire au revoir, fit Jim. À moins que t'aies envie que je te fasse visiter la cave...

— C'est un peu insultant vous savez, dit Tom, se surprenant lui-même de sa témérité. Je pourrais être son petit ami.

— Et alors ? Ça changerait quoi ? répondit Jim, hilare.

— Simone, on se tire maintenant, poursuivit-il sans insister.

Un gémissement rauque et désespéré leur parvint depuis la petite grange. Voix brisée et collier de métal étouffant autour du cou, Laurence secoua faiblement sa chaîne pour se faire remarquer.

— C'était quoi ça ? demanda Simone.

— Rien, rien du tout, la rassura la Mère. C'était la chèvre qu'est dans la grange.

— Ça ressemblait pas vraiment à une chèvre, dit Tom.

— C'est une chèvre qui est très malade. Jules, va t'occuper de la chèvre, dépêche-toi.

La main sur sa tempe éprouvée, il se dirigea vers la grange et disparut derrière la porte. Il s'y occupa effectivement de la chèvre, et ne pensa pas un instant à remplir la bouche de Laurence de paille pour qu'elle se taise. Comme il l'avait lui-même reconnu, il était bien un garçon un peu lent.

— Et merci encore pour votre aide, fit Tom en étirant le débardeur de Simone.

Tandis qu'ils marchaient vers l'orée de la pinède, il se retourna une dernière fois vers le chalet. Marie avait changé de pièce pour le voir partir. Elle avait cette fois totalement tiré le voile de la fenêtre, dont l'encadrement traçait une ligne juste en dessous de son sexe. Elle s'était en effet entièrement dénudée pour lui, figure évanescente à la poitrine diaphane, quasi onirique. Pantois, Tom trébucha sur une vieille racine sortie de terre et s'étendit de tout son long sur le sol poussiéreux. Sur le perron, la Mère et Jim se moquèrent en riant grassement, sans se douter que Marie était à l'étage en train d'exhiber ses charmes. Simone ne remarqua rien non plus, et l'aida à se relever, avant qu'ils ne retournent à la touffeur de la forêt.

*

Se pouvait-il que ce fût lui, l'élu, son sauveur, le prince charmant venu la délivrer des griffes de sa famille ? Celui qui l'emporterait loin de cette vallée, lui ferait fendre de vertes prairies à dos de cheval, lui ferait traverser de sombres forêts et franchir des monts hostiles pour atteindre des contrées en paix, où ils pourraient fonder un foyer, une famille, et simplement vivre d'un amour pur, sous des jours arc-en-ciel et des nuits étoilées ?

Après avoir offert son corps en spectacle à Tom, Marie s'était jetée sur son lit, envahie par une nouvelle onde de chaleur, telle une montée de fièvre puissante mais étrangement agréable. Son sexe lui semblait palpiter, et l'appeler de toutes ses forces à venir s'occuper de lui. Comme la veille, elle fit descendre sa main vers l'entrelacs de poils roux qui couvrait son pubis, mais fut cette fois moins empruntée. Elle sut tout de suite la diriger vers les rives de son clitoris, le temps de ressentir son ardeur, puis le caressa du bout des doigts, sur toute sa longueur déjà enflée. L'onde se diffusa et s'intensifia tandis qu'elle en éprouvait la complexe sensibilité, et elle pressa plus vite, plus fort, tout en saisissant son sein gauche de son autre main. Tout en serrant les dents pour retenir des gémissements qui n'auraient pas manqué d'alerter la Mère, elle pinça son clitoris entre ses doigts et le stimula encore, variant le rythme et la vigueur, provoquant un mélange de légère douleur et de plaisir chavirant.

Et puis brusquement, elle se figea. Ce qu'elle faisait était mal. Elle ne pouvait se l'expliquer, mais elle en était soudain persuadée. Les jeunes filles, dans les contes de fées, on ne les voyait jamais toucher leur minou, ou se faire toucher le minou par un homme, même un prince. Non, ces choses-là, elle ne les avait vues que dans les magazines de son frère, et son frère, il était sale, dégoûtant, mauvais.

Elle enfila vite sa robe et sortit de la chambre avec une idée en tête : se laver de cette souillure. Elle se dirigea à la hâte vers ce que la famille appelait pompeusement « la salle de bains », car si l'on pouvait certes y prendre des bains, il ne fallait vraiment pas être dérangé par le plus pur style cloaque de la pièce et ses odeurs de tout-à-l'égout. Elle actionna le tuyau d'arrosage qui servait de robinet, et une eau froide résonna sur les parois d'une vieille baignoire en zinc, qui en d'autres lieux aurait pu passer pour une auge à cochons. Pendant qu'elle retirait prestement sa robe, l'eau monta peu à peu en brunissant, puis elle fit cesser le jet d'eau et s'apprêta à enjamber la paroi de métal, prête à noyer sa saleté dans celle du bain. Toujours dans un état second, flottant, elle hésita un instant, consciente de l'absurdité de la chose, et c'est dans ce court moment qu'une seconde vague vint la frapper de plein fouet, plus forte encore que la précédente. Elle oublia toute idée de bain et repensa à son prince, elle l'imagina présent dans la pièce, adossé au mur, la fixant d'un air de défi, attendant d'être aguiché, excité. Elle reprit ses caresses, puis se pencha légèrement en avant pour montrer son cul à celui qu'elle ne connaissait pas encore sous le nom de Tom. Ses doigts glissèrent vers sa fente, flattèrent la corolle de ses petites lèvres huileuses, avant que la phalange de son majeur ne s'insinue entre elles avec langueur. Cette fois elle ne put retenir ses gémissements, sous les yeux conquis de son spectateur virtuel.

Arrachée à la réalité, au bord d'un précipice inconnu nommé orgasme, elle poussa un cri incontrôlé, puis un second, plus fort encore. Bien vite des pas résonnèrent sur les marches montant vers le palier, et la porte s'ouvrit avec fracas. Son prince s'évapora, et la pièce retrouva tout son vernis crasseux. La Mère bondit sur elle dans une rage noire.

— Je t'avais dit de pas toucher ton minou, enfant de Satan !

Elle l'attrapa par les cheveux et la tira vers la sombre baignoire.

— Maman arrête, tu me fais mal ! Pourquoi t'es si méchante ?!

— On va te refroidir le cul, tu vas voir...

Marie tenta bien de résister, mais la détermination de la Mère était sans faille, et elle fit basculer sa fille dans la baignoire.

— Je veux pas que tu touches ton minou ! Je t'ai dit que c'était mal, pourquoi tu continues ?!

La Mère éructait, pressant les épaules de Marie pour l'empêcher de sortir de l'eau froide du baquet.

— Pourquoi tu fais ça à ta mère, hein ? Pourquoi tu veux la rendre malheureuse ?

— J'aime pas quand t'es malheureuse maman ! Mais je comprends pas pourquoi c'est mal de toucher mon minou !

La Mère agrippa sa longue chevelure pour l'extirper de la baignoire, et traîna son corps nu et dégoulinant vers une chaise en bois. Elle s'y assit sans la lâcher puis la força à s'allonger sur ses genoux, sur le ventre. Tirant sur ses cheveux comme elle aurait tiré sur le mors d'un cheval, elle abattit son autre main sur la chair laiteuse de ses fesses, y imprimant sa marque rouge.

— Je toucherai plus à mon minou ! Dis-le ! Dis-le !

Mais Marie ne fit que serrer les dents, et la paume de sa Mère tomba à nouveau.

— Dis-le ! Je toucherai plus à mon minou !

— Pourquoi maman ?! Pourquoi c'est mal ?!

Plus enragée que jamais, la Mère frappa et frappa encore, et bien vite les fesses de Marie ne furent plus qu'une constellation de mains écarlates. Mais elle n'obéit toujours pas. Pire, la surface de sa peau giflée lui procurait une étrange sensation. La douleur aiguë des premières claques lui semblait peu à peu s'estomper, se diluer, comme apprivoisée. Quand enfin la Mère parut en avoir assez de la fesser, et cessa de tirer sur ses cheveux, Marie cria, provocante.

— Encore !

Stupéfaite, la Mère la fit rouler sur ses cuisses et tomber sur le carrelage, la regardant comme un pur objet d'incompréhension.

— Qu'est-ce que j'ai fait pour que tu deviennes comme ça ma fille ? Je t'ai bien éduquée, je t'ai inculqué des valeurs !

— Maman… Je suis grande maintenant ! Faut me laisser faire ce que je veux avec mon corps !

Pendant que Marie se réfugiait dans une serviette, la Mère se leva et sortit sans un mot. Une minute plus tard, les jumeaux débarquèrent pour s'occuper d'elle : la vile pécheresse fut enfermée à double tour dans sa chambre, les mains liées dans son dos par une corde, garantissant ainsi la sanctuarisation du minou susmentionné. Mais entre ses reins pourtant, le feu poursuivait son œuvre, se propageant sans lutte possible.

6

Enveloppée par les notes de *Everybody loves the sunshine* de Roy Ayers, diffusées par le radiocassette telle une fumée d'ambiance, Simone disposait sur la table les amuse-bouches et les alcools censés évaporer un peu plus tard les dernières pudeurs de chacun. La bande s'était accordée sur le thème d'une soirée costumée, et si elle n'avait pas fait preuve d'une originalité démesurée en choisissant un ensemble de soubrette, elle s'y glissait de façon trop spectaculaire pour recevoir un seul reproche : escarpins noirs aux talons de dix centimètres, bas résille, courte robe noire satinée et liserée de dentelle blanche, minuscule tablier sous un décolleté au laçage espacé, ainsi qu'une pimpante coiffe façon collerette. Elle portait aussi à la taille un plumeau qui lui permettrait de faire face à tout besoin d'époussetage inopiné, ou qu'elle pourrait réserver dans la soirée à bien des usages détournés.

Tandis qu'Hortense se changeait dans leur chambre, Stan vint rejoindre Simone au buffet, vêtu d'une combinaison de pompier d'une pièce dont la poitrine était zippée jusqu'au bas-ventre. Il la saisit avec vigueur par les hanches, et se pressa contre ses fesses avec appétit.

— Je vois que tu es de meilleure humeur que tout à l'heure.

— Je vais te prendre là, tout de suite, sur cette table.

— Désolée, mais tu devras attendre ton tour comme les autres…

Elle se tourna vers lui et déposa un baiser sur ses lèvres, puis l'abandonna contrarié pour aller trouver Tom sur le perron, où il était étendu dans le hamac, perdu dans ses pensées. Le ciel s'assombrissait comme un lent fondu au noir.

— T'es déguisé en quoi ? En ingénieur informatique ?

— Haha, très drôle. Je me suis pas encore changé.

— Eh bien tu devrais te dépêcher, on va pas tarder à commencer.

Il resta silencieux, toujours rêveur. Simone se pencha sur lui et approcha son visage comme pour susciter une confidence, lui offrant une vue imprenable sur ses seins auxquels la gravité donnait une forme plus savoureuse que jamais. Mais il parut à peine noter l'attention.

— Qu'est-ce qui se passe ?

— Rien, c'est… c'est cette fille. J'arrête pas de penser à elle.

— Quelle fille ?

— Cette fille qu'on a vue dans la forêt, au chalet.

— Cette vieille sorcière ? C'est à elle que tu penses ? Parce que c'est la seule espèce de fille que j'aie vue là-bas.

— Tu crois que j'ai rêvé ? Tu crois qu'elle était pas réelle ?

— Je n'ai aucune idée de ce que tu me racontes Tom.

Il ne répondit rien, puis s'extirpa du hamac.

— Bah, oublie ce que je t'ai dit. Je vais m'habiller.

Dans le salon il ramassa ses affaires, puis rejoignit la chambre où se trouvait Hortense, dont la porte était fermée à clé.

— T'en as pour longtemps ?

— Oui. Trouve-toi un autre endroit.

— Hortense soyons réalistes, t'as pas besoin d'y passer des heures, c'est pas comme si… Et merde, soupira-t-il, réalisant qu'il venait une fois de plus de l'insulter malgré lui. Je suis désolé, tu sais bien que je t'adore… J'ai foi en toi !

— Ta foi, tu peux te la rouler en boule et te la mettre où tu sais.

Tom en resta bouche bée, puis dut se rabattre sur la salle de bains. Mais avant cela il s'approcha sans bruit de la chambre de Clarisse et de Matt, et abaissa son œil au niveau de la serrure. Tous deux étaient en sous-vêtements, leurs costumes étalés sur le lit : une panoplie de Blanche-Neige sexy pour madame, une autre de marin pour monsieur. Matt fouillait nerveusement dans un sac de sport, celui qui avait contenu le large éventail de sex-toys. Tom n'eut pas le temps de voir ce qu'il y cherchait : il reçut très vite un coup de pied dans le derrière, sa tête cognant durement contre la porte. Quand il se redressa, Stan le pompier se tenait face à lui, casquette rouge fièrement vissée sur la tête.

Dans la chambre, Clarisse avait la poitrine collée contre le dos de Matt, et insinuait ses doigts sous son caleçon, lui caressant le sexe avec douceur.

— Ça y est, je l'ai retrouvé, dit-il d'un air soulagé.

Il sortit alors du sac une petite fiole, qu'il brandit devant Clarisse.

— Qu'est-ce que c'est ?

— Ça s'appelle du... poppers.

— Je sais pas encore à quoi ça sert, mais j'aime déjà le nom.

— C'est un genre d'aphrodisiaque. Paraît que ça donne un coup de fouet, et puis que ça rend plus... open quoi.

— Où t'as trouvé ça ?

— C'est mon pote Bernard qui me l'a filé.

— Tu veux dire, celui qui va au *Bear's Eden*, ce bar où y a que des messieurs barbus et costauds, qui boivent des pintes très serrés les uns contre les autres ?

— Oui, ce Bernard. Apparemment ça circule pas mal dans son milieu. Ça détend et donc ça aide à... Enfin je te fais pas un dessin.

— Ça ouvre bien le cul.

— C'est ça.

— Alors essayons ça tout de suite.

— T'es sûre ? Mais la soirée va bientôt commencer.

— Juste le temps d'essayer. Dis-moi juste comment on fait...

*

Marie se sentait devenir folle. Elle tournait comme un lion en cage dans sa chambre fermée à clé, simplement vêtue de sa serviette de bain nouée sur la poitrine, les mains attachées dans le dos par une corde qui lui brûlait les poignets. Sitôt l'ordre donné par la Mère de la mettre aux arrêts, les jumeaux s'en étaient donné à cœur joie. Jules s'était chargé de la porter jusqu'à son lit en fouillant ses seins sans vergogne, avant que plaquée sur les draps il ne lui noue les mains pour l'empêcher d'approcher ses doigts de son diabolique minou, non sans en avoir profité pour lui pétrir les fesses de ses paumes souillées d'une effrayante variété de germes microbiens.

Traversant et retraversant sa chambre, elle essayait de se défaire de sa colère, contre cette famille qui ne voulait pas comprendre qu'elle devenait une grande personne, contre cette mère qui ne voulait pas lui expliquer pourquoi tout ce qui touchait au minou était du domaine du Malin. Elle tentait aussi, marchant jusqu'à s'en essouffler, d'épuiser le feu qui la consumait depuis la visite du frêle jeune homme au bas de sa fenêtre, mais en pure perte : plus elle tentait d'effacer Tom de sa mémoire, et plus il y revenait avec force, et faisait danser de nouvelles flammes entre ses cuisses. Impuissante, à court d'idées, Marie se laissa tomber sur son lit et pleura longuement.

Et puis, ses larmes taries, du sentiment d'injustice naquit peu à peu une rage de revanche. Elle se releva et marcha vers le bureau où elle travaillait à ses robes, et de ses mains liées derrière elle tenta d'ouvrir sa boîte à couture. Mais elle ne voyait pas ce qu'elle faisait, et toutes ses tentatives échouèrent. Excédée, elle poussa la boîte vers le bord du bureau jusqu'à ce qu'elle tombe sur le sol. L'attache qui en maintenait les deux morceaux se brisa, et son contenu se répandit sur le parquet.

Aussitôt elle s'agenouilla à côté des ciseaux en métal qui venaient d'y apparaître, et s'en saisit d'une main en se contorsionnant. Avec une grande prudence, à tâtons, elle réussit à entamer les premières fibres de la corde, avant de les rompre presque une à une, se servant des ciseaux comme d'un couteau. Quand le lien fut enfin vaincu, ses poignets étaient couverts d'éraflures et perclus de crampes, mais le sentiment de liberté qui l'envahit fut inouï. Elle arracha la serviette et l'envoya valser sur ses vieilles poupées, faisant chuter plusieurs d'entre elles sur le lit. Mais elle n'en avait cure. Le temps des poupées était révolu.

Elle ramassa sa robe de princesse, que ses frères avaient laissée dans un coin de la chambre, enfila le vêtement de soie rose et scruta son reflet dans la glace en pied, réajustant avec soin chaque petit bâillement de l'étoffe. Ceci fait elle s'assit à son bureau et s'y brossa les cheveux devant un petit miroir rond, étirant patiemment ses longues mèches rousses. Enfin, et comme elle le faisait lorsqu'on fêtait un anniversaire au chalet, elle entreprit de « se faire belle », à l'aide d'une vieille trousse de maquillage ayant appartenu à la Mère. Certes, sa technique était rudimentaire, et les matières plus de toute première qualité, mais la sincérité candide de sa démarche avait quelque chose de profondément touchant. Même si Marie dégageait au final de faux airs de Pierrot lunaire, avec sa peau comme poudrée à la chaux, ses joues trop roses, ses yeux charbonneux à l'excès et cette bouche rendue écarlate par un rouge à lèvres hors d'âge, tel un papillon en chaleur prêt à s'envoler pour embrasser quiconque à la ronde. Mais de tout cela elle n'avait pas conscience, car seule une chose comptait : la princesse était désormais prête pour son prince.

Elle ouvrit sa fenêtre, et regarda en contrebas. Depuis l'étage, quatre bons mètres la séparaient du sol. Dans ce genre de circonstances, dans les contes dont elle s'abreuvait depuis toute petite, soit une fée providentielle venait délivrer la princesse emprisonnée, soit cette dernière se libérait à l'aide de draps noués les uns aux autres. Trop impatiente pour attendre la venue de la fée, Marie choisit la seconde option. Elle atterrit sans dommages sur la terre sèche, et leva des yeux émus vers cette chambre où elle avait si longtemps été oppressée. Une larme épaisse coula sur sa joue, emportant dans son sillage quelques pigments du savant maquillage.

Elle courut ensuite vers la lisière de la forêt, à l'endroit précis où Simone et Tom avaient disparu un peu plus tôt, et s'enfonça au cœur du sous-bois, déconcertée par cet espace sans frontières que les rayons du soleil quittaient un à un. Elle ne disposait que d'une vague direction, la trace fugace qu'avait laissée son prince, et rien n'indiquait qu'elle était sur la bonne voie. Découragée, et même apeurée de s'être à jamais perdue, elle s'effondra sur le tapis d'épines, prête à se laisser vaincre par les pleurs. Et puis soudain, entre deux troncs de pins, elle discerna une faible lumière qui semblait crépiter au loin. À nouveau pleine d'espoir, elle se redressa et rallia à pas prudents la clairière où se trouvait la cabane. L'ampoule qui pendait sous le porche grésillait, entourée d'une constellation d'insectes qui venaient s'y griller les ailes, tandis que lui parvenaient les grondements assourdis d'une étrange musique. Était-ce bien dans cette modeste demeure en bois que logeait son prince ? Ne possédait-il pas un beau château fort, comme tous ceux de son rang ? Ou s'était-elle simplement trompée d'adresse ?

Marie s'approcha en toute discrétion, accroupie, et vint se poster sous la première fenêtre qu'elle trouva. Tremblante, elle hasarda un regard furtif à l'intérieur, et vit cette femme qui avait accompagné son prince au chalet. Elle discutait avec un homme dont elle ne voyait que le dos, et qui portait une casquette rouge sur la tête. Mais dans cette pièce où des bouteilles et des gobelets en plastique étaient alignés sur une table, elle ne trouva aucune trace de son prince. Elle se déplaça vers la fenêtre voisine, toujours accroupie.

Pareils à ces gens qu'elle avait vus dans les magazines de son frère, une femme et un homme se tenaient debout au bord d'un lit, entièrement nus. La dame faisait coulisser sa main tout autour de l'excroissance longue et dure du monsieur, tandis que celui-ci faisait entrer puis sortir son doigt dans le minou de la dame. Et ils avaient l'air de beaucoup aimer ça. Dès qu'elle vit cela Marie sentit la chaleur revenir opérer une prise d'otage irrépressible de ses sens, et abaissa sa paume vers le seul endroit capable de l'apaiser.

Clarisse mit une petite tape sur le torse de Matt, qui en reculant s'assit sur le lit. Il l'amena à lui, mains plaquées sur ses fesses, et déposa des baisers sur sa toison, presque avec tendresse, avant de descendre peu à peu, tandis que Clarisse dévissait le bouchon de la fiole de poppers. Elle en sniffa une volute, avant de la lui tendre. L'effet euphorisant fut immédiat. Ils s'embrassèrent à pleine bouche, jouant avec leurs langues, puis elle le poussa avec force pour qu'il s'allonge sur le dos. Elle branla vigoureusement son sexe dressé tel un totem, léchant et aspirant ses bourses, s'occupant avec attention de l'une puis de l'autre, avant d'engloutir sa verge comme si elle en était affamée, la lubrifiant d'une salive gourmande. Matt en grogna de plaisir, puis colla ses mains sur son crâne pour qu'elle l'avale plus profondément encore.

Quand les effets du poppers s'estompèrent, ils en reprirent quelques effluves et repartirent de plus belle. Clarisse s'accroupit au pied du lit entre les jambes de Matt, et tandis qu'elle le tenait sous sa coupe en serrant son sexe au creux de sa paume, elle avança son index vers son anus rasé, détendu et accueillant. Elle mouilla son doigt de salive puis massa avec délicatesse le pourtour de l'orifice, dont l'anneau pourpre se dessina. Quand elle le jugea prêt, elle y inséra sa phalange avec délicatesse, provoquant chez Matt une suffocation mêlée de plaisir d'une rare intensité, et fit peu à peu son chemin dans la cavité, progressant avec habileté jusqu'à sa prostate qu'elle avait déjà souvent rencontrée. En l'espace de quelques caresses à peine, Matt sentit se lever en ses entrailles un orgasme submersif. Ses membres lui parurent atteints de tétanie, et alors qu'il mordait l'oreiller pour retenir ses cris son sexe tenu à la verticale par Clarisse ne fut plus qu'un interminable geyser de filets de sperme, comme un feu d'artifice dont les scories s'échouèrent sur le lit, sur son torse, ou dans les cheveux de sa petite amie.

Un gémissement aigu retentit soudain. Ils échangèrent un regard incrédule, puis se tournèrent de concert vers la fenêtre, d'où il semblait provenir. Mais quand ils se levèrent pour aller l'ouvrir, ils ne virent qu'une silhouette qui s'éloignait vers le sombre sous-bois, avant de s'y évanouir.

★

— Mais elle ressemblait à quoi cette fille ? demanda Tom, pressant.

— Mais on sait même pas si c'était une fille, s'agaça Clarisse.

— Elle était rousse, avec la peau très blanche ?

— On n'a pas eu le temps de voir à quoi il ou elle ressemblait, comment on doit te le dire ?

— Alors... tu confirmes qu'elle pouvait très bien être rousse, avec la peau très blanche, n'est-ce pas ?

— Tu me fatigues Tom. Vraiment.

— Elle est venue pour moi. Je suis sûr qu'elle est venue pour moi.

— Et rappelle-moi qui c'est déjà ?

— Une fille qui habite un chalet, dans les bois, avec sa famille. Une fille... vraiment très gentille.

— Eh bien, elle est sans doute très gentille, mais c'est aussi une sale petite garce lubrique. Elle nous a espionnés tout le temps que je faisais à Matt un...

— Je ne veux pas entendre la suite de cette phrase.

— Un massage de la prostate. Fais pas cette tête, je suis sûr que tu adorerais. Je pourrais t'en faire un si tu veux. Tu vois, comme un cadeau, d'une amie à un autre ami. C'est pour ça qu'on est tous ici, après tout. Et attention, je te demanderai peut-être pas l'autorisation, ajouta-t-elle avec malice.

Tom lui adressa un sourire crispé, avant d'aller se servir dans le saladier de sangria qui trônait sur le buffet. Il était déguisé en marquis du XVIIIe siècle, affublé d'une longue veste noire à jabot blanc, d'une culotte noire dont les élastiques le serraient à mi-tibia, où ils étaient rejoints par de hautes chaussettes blanches, ainsi que d'une jolie canne en bois gravée empruntée à sa grand-mère. Clarisse avait quant à elle revêtu son costume de Blanche-Neige fait d'un bustier bleu pigeonnant liseré de blanc, d'une courte jupe jaune doublée de tulle rouge, et de bas blancs qui montaient juste au-dessus de ses genoux, ponctués par des talons compensés d'un rouge éclatant. Au milieu du salon, dont on avait poussé les meubles pour dégager une petite piste de danse, devisaient Matt le marin, Stan le pompier, et Simone la soubrette. Mais Hortense n'était pas encore là.

Tandis que Clarisse s'avançait sur la piste, Stan alla se resservir une bière. Il retrouva Tom qui, même s'il avait toujours Marie en tête, avait bien du mal à quitter des yeux les seins de Simone, qui semblaient hurler pour qu'on les libère de leur geôle. Stan se pencha à l'oreille de son camarade.

— Hé, monsieur le marquis, imagine pas une seconde que tu vas les toucher ce soir.

Tom se mit à rire nerveusement, mal à l'aise.

— Oh, tu sais, je les toucherai seulement si elle me le demande...

Stan planta des yeux glaciaux dans ceux de Tom, dominé par le pompier de toute sa taille et de tous ses muscles. Mais avant qu'il n'ait pu lui administrer l'un de ses coups de poing magistraux sur l'épaule, chacun se tourna vers le petit couloir, au bout duquel Hortense venait de s'arrêter, comme si elle hésitait à s'avancer dans le salon.

En la découvrant, chacun oublia ce qu'il était en train de faire, le souffle coupé, magnétisé par la jeune femme, cette éternelle habituée des lunettes à double foyer et des chignons serrés, des vêtements utilitaires et informes destinés à dissimuler son corps comme un objet d'embarras. Ce fut pour tous une authentique révélation, comme si elle dévoilait enfin non qui elle était vraiment, mais bien ce qu'elle était capable de montrer d'elle, une fois envolés ses pudibonds atours de jeune fille au pair. Hortense était pourtant simplement grimée en pom-pom girl, mais c'était ce contraste avec son allure ordinaire qui frappait tant le reste de la bande, la sexualité de ce corps enfin assumée, et exposée.

Il y avait d'abord cette petite jupe plissée jaune bordée de mauve, qui ne masquait rien de ses jambes que jamais elle ne montrait, fines et élancées, satinées de collants transparents. Il y avait aussi ce top sans manches du même jaune vif, à l'effigie d'une université dont le nom s'étalait sur sa poitrine en larges lettres, bien ajusté, suggérant des seins aux proportions harmonieuses. Ses longs cheveux, quant à eux, s'étaient échappés de leur gangue tressée, et tombaient de part et d'autre de son visage, brushés, lissés, encadrant son front mangé par une jolie frange, dont quelques fines mèches venaient troubler sa vue débarrassée de ses lunettes de vieille bibliothécaire. Un rouge à lèvres incarnat parachevait l'œuvre, faisant émerger sa bouche de son visage opalescent, comme une invitation à être couverte de baisers...

Stan se pencha à l'oreille de Tom. Sa voix avait changé.

— À bien y réfléchir... c'était peut-être pas une si mauvaise idée, cette partouze, lui glissa-t-il, étonnamment fébrile.

✶

La nuit était tombée sur la montagne, et seule une puissante lune guidait désormais les pas chancelants de Marie entre les pins de la forêt. L'onde de plaisir l'avait proprement arrachée à la réalité, comme si l'espace d'un instant tout s'était évanoui autour d'elle, tandis que son corps tout entier était secoué de spasmes incontrôlés. Elle avait bien senti, quand elle s'était caressée dans la salle de bains, qu'il y avait quelque chose de plus grand au-delà, que ce n'était là qu'une étape vers la libération des frustrations de ce corps qui lui demandait plus, toujours plus. Et c'était donc cela, se disait-elle, le trésor que l'on découvrait après avoir donné à son minou les caresses qu'il demandait... Et pourtant je n'ai fait que regarder, se dit-elle encore, qu'est-ce que ça doit être quand c'est un monsieur qui te touche le minou, ou bien, comme dans les magazines de Jules, te glisse son bâton dans le minou !

La joie de Marie n'était toutefois pas entière. Elle avait dû s'enfuir dès que le couple avait senti sa présence, et elle n'avait donc pu voir si son prince demeurait bien dans cette cabane. Mais alors que la clairière du chalet familial se précisait sur son chemin, elle se jura d'y retourner le lendemain pour en avoir le cœur net.

Ses draps noués pendaient toujours de sa fenêtre ouverte, saillant d'une demeure tous feux éteints. Elle comprit que sa fuite n'avait pas été remarquée, et entreprit de regagner sa prison rose, persuadée de pouvoir s'en évader à nouveau quelques heures plus tard. Tandis qu'elle progressait peu à peu sur la liane de tissu, elle eut soudain l'impression de ne plus pouvoir avancer, comme si quelque chose la freinait. Une main monstrueuse tira en effet un coup sec sur sa robe, dont tout un pan se déchira. Elle tomba lourdement sur le sol, les fesses dans la poussière. Jim la toisait, immense, son visage découpé dans la blancheur lunaire.

— T'étais où ? grogna-t-il d'une voix jaillie du fond d'une caverne.

— J'ai… j'ai juste fait une promenade, c'est tout !

Il fit un pas vers elle.

— Une promenade… T'étais où ?!

— Je voulais retrouver mon prince dans la forêt !

— Ton prince ? Quel prince ?

— Celui qui est venu tout à l'heure, à la maison.

— Je croyais être débile, mais t'es encore bien pire que moi ma pauvre. Et alors, tu l'as trouvé ton foutu prince ?

— Non. J'ai juste vu une dame mettre son doigt dans le cucul d'un monsieur.

— Quoi ? Où ça ? Où t'as vu une dame mettre...

— Dans... dans une cabane dans la forêt. Mais les embête pas, ils ont rien fait de mal...

— Tu me dégoûtes sœurette. La Mère t'a pas élevée pour que tu sois comme ça ! Elle t'a élevée pour que tu sois meilleure que nous !

Il l'attrapa par les cheveux pour l'obliger à se lever, puis la chargea sur son épaule comme un vulgaire sac de pommes de terre. Une fois à l'intérieur du chalet, il la jeta dans l'escalier de la cave.

— Tu resteras là le temps de réfléchir à ce que t'as fait, fit-il avant de claquer la porte.

Marie resta longtemps assise sur une marche couverte de poussière, des larmes coulant en abondance sur sa peau grassement enduite de maquillage. Et puis, tout à coup, elle perçut un bruit étrange, comme un faible geignement venant du fond de la cave. Elle se redressa avec difficulté et descendit l'escalier.

Pascal, dont tout le monde semblait avoir oublié la présence, avait toujours les bras scellés au mur, étirés au-dessus de sa tête qui reposait sur sa poitrine. Et son short était toujours... à ses chevilles.

7

La fête était lancée à la cabane, son rythme dicté par la bande qui courait sur la tête de lecture du radiocassette. Les rires fusaient, les pas de danse s'entrecroisaient, et surtout les verres se vidaient à une cadence implacable. Mais si la température grimpait dans le salon, obligeant Stan à faire descendre le zip de sa combinaison, et faisant tomber les bretelles de soutien-gorge des épaules brûlantes, la fête restait banale, et sa finalité sulfureuse, pourtant présente dans tous les esprits, un non-dit plus bruyant que certaines paroles échangées. Stan serrait Simone de près, soulagé de voir que la soirée ne dégénérait pas, et personne ne semblait oser passer aux choses sérieuses, comme si chacun attendait de l'autre le déclic qui ferait enfin basculer les festivités.

La musique s'interrompit, le cliquetis de l'autoreverse prit le relais, et quelques grésillements plus tard, la guitare lascive de *Purple Rain* de Prince emplit la pièce comme un concentré de volupté. L'instant slow venait de sonner, et aussitôt la grappe des fêtards se désagrégea. Matt le marin fut le premier à envoyer valser son béret à pompon pour coller sa marinière contre le bustier de Clarisse alias Blanche-Neige. Simone la soubrette esquissa bien le début d'un pas vers Tom le marquis, mais Stan le pompier la retint par l'épaule et la ramena à lui, la pressant entre ses bras aussi sensuellement qu'un policier voulant empêcher un suspect de s'échapper. Ne restaient plus qu'Hortense la pom-pom girl et Tom, qui lui souriait avec maladresse tandis qu'elle restait dirigée vers la tête de cerf accrochée au mur. Elle daigna finalement se tourner vers lui, et accepta en soupirant la main qu'il lui tendait. Lorsqu'ils eurent commencé à danser, elle maintint cependant entre eux un notable cordon sanitaire.

Au fil du morceau, Clarisse et Matt s'oubliaient peu à peu. Ils entrelaçaient leurs langues, se caressaient la nuque, se griffaient le dos, se pétrissaient les fesses. Bientôt leur danse ne ressembla plus vraiment à une danse, mais à des préliminaires. Les autres les regardèrent d'abord avec un certain amusement, puis de plus en plus d'envie.

Déconcerté par la métamorphose d'Hortense, Tom avait l'impression de danser avec une fille qu'il rencontrait pour la première fois, de surcroît au-dessus de ses moyens. Il se pencha à son oreille.

— Je suis vraiment désolé pour ce que je t'ai dit tout à l'heure. Et... pour ce que je t'ai dit hier aussi.

— Et pour tout ce que tu m'as dit de blessant ces derniers mois ?

— Ça vaut ce que ça vaut mais oui, je suis vraiment désolé. Sinon ça va te paraître stupide mais... tu es vraiment très belle ce soir.

— Oui, je sais que je le suis, répondit-elle avec une pointe d'orgueil non dissimulé.

À côté d'eux, Stan défendait toujours bec et ongles sa propriété.

— Tu m'empêches de respirer, fit Simone, le nez planté dans le creux de son épaule.

Mais ce dernier ne desserra l'étau que de quelques millimètres.

— De l'air ! s'écria-t-elle alors, comme si elle suffoquait réellement.

Il ne la laissa reprendre un peu de distance qu'à contrecœur. Simone tira sur son décolleté que la sueur faisait coller à sa peau et dont le tissu bon marché commençait à l'irriter. Stan se rendait compte que sa jalousie maladive était encore en train de le dominer, mais cette fois l'adversaire était bien plus coriace que les mâles qui avaient des vues sur Simone. Il s'agissait des envies d'expériences de sa petite amie, et il se trouvait démuni face à elles.

À côté d'eux, Clarisse et Matt avaient franchi un cap. Ce dernier fouillait allègrement sous la jupe de sa Blanche-Neige, y plongeant une main inquisitrice, tandis que Clarisse pratiquait une fellation appliquée sur son index. Autour d'eux chacun faisait semblant de regarder ailleurs, mais personne n'en perdait une miette. Osant à peine toucher Hortense, Tom en était tout émoustillé. Sa partenaire se tourna vers Stan, qui croisant ses yeux se sentit étrangement troublé, et ne put s'empêcher de s'attarder sur ses jambes voilées. Hortense sourit, savourant ses nouveaux pouvoirs, tandis que Simone était de son côté absorbée par le spectacle offert par Clarisse et Matt. Comme quelques semaines plus tôt, lorsqu'elle les avait épiés en train de se peloter dans l'amphithéâtre de la fac, sa main se dirigea vers son entrejambe, mais Stan, dévoué à sa mission, le remarqua aussitôt et la saisit fermement avant qu'elle n'ait pu accomplir son voyage. Simone leva les yeux vers lui, incrédule. Il semblait presque désolé, comme si c'était là la seule réponse qu'il avait à apporter à une situation forcément inédite. Clarisse prit très doucement l'autre main de Simone, comme une invitation à la rejoindre. Matt sourit à Stan, comme si cela valait aussi pour lui, mais il se détourna en pouffant, et refusa de libérer Simone. Elle tira, se débattit, sans agressivité toutefois, mais il ne céda pas.

— Je comprends ce que tu ressens. Mais j'ai besoin d'y aller. Tu peux trouver ça cruel, mais y a pas grand-chose que tu puisses faire.

Il la fixa un long instant, contenant un mélange de colère et de peine. Et puis, très lentement, ses doigts se retirèrent un à un du poignet de Simone. Il la vit se laisser aspirer par Matt et Clarisse, comme si elle disparaissait dans un abysse, puis se dirigea vers le buffet où il enchaîna immédiatement deux whiskys secs.

Clarisse attira Simone à elle, une main sur sa taille, lui caressant les cheveux de l'autre, comme si elle avait vu en elle, malgré son désir évident, une grande nervosité. Puis elle posa une paume apaisante sur son cou, et approcha ses lèvres des siennes. Elle y déposa d'abord un baiser très léger, les effleurant à peine, avant de recommencer, chaque baiser plus appuyé que le précédent. Simone se laissa d'abord faire, docile, puis répondit avec un entrain grandissant. Bien vite, les langues des deux jeunes femmes se mirent à tournoyer avec langueur dans la bouche l'une de l'autre.

Hortense prit congé de Tom, laissé seul au milieu de la piste, et rejoignit Stan au buffet. Il lui servit un whisky avant qu'elle n'ait eu le temps de le demander, s'en resservit encore un, puis ils trinquèrent et burent de concert, laissant la délicieuse nappe de chaleur tapisser leurs gorges. Il ouvrit totalement sa combinaison, sortit ses bras des manches et laissa pendre toute la partie supérieure du costume, exhibant son torse digne de *Big Jim* perlé de gouttes de sueur. Tom s'approcha timidement du buffet et se servit un gobelet de punch. Alignés le long de la table, tous trois pouvaient voir Clarisse et Simone se rouler des pelles onctueuses, cette dernière semblant perdre ses inhibitions initiales. Stan bouillait intérieurement, et quand Matt s'avança vers sa petite amie, qui lui tournait le dos, et se colla à elle, mains sur sa taille et surtout pubis contre ses fesses, une grimace de rage déforma son visage. Il était prêt à se ruer sur lui, quand Hortense posa la main sur son pectoral brûlant.

— C'est ce qu'elle veut. Tu dois respecter ça.

Aussi légère fût-elle, la main d'Hortense parut annihiler en lui toute agressivité à l'égard de Matt. Elle la maintint un long instant au contact de sa peau, avant de la laisser glisser jusqu'à son abdomen, puis de la retirer tandis qu'un frisson lui parcourait l'échine. Elle se tourna ensuite vers la table et se servit un nouveau whisky. Pendant qu'elle remplissait son verre, Stan ne pouvait lâcher des yeux sa jupette plissée, le regard tellement lourd qu'elle pouvait le sentir la fouiller sans même le voir. Il se surprit, à son tour, à sentir sa main mue par un mouvement indépendant de sa volonté, polarisée par les courbes qu'il imaginait derrière l'étoffe. Mais dans son cas il n'y eut personne pour la retenir, et elle alla se poser spontanément sous une des fesses d'Hortense, comme pour la soupeser avec bienveillance. La jeune femme se figea, et quand il réalisa son geste, il la retira aussitôt, confus.

— Pardon. Je... je sais pas ce qui m'a pris.

Elle lui répondit par un simple sourire, que d'aucuns auraient qualifié de diablement coquin.

Tom n'en revenait pas, mais très vite son attention se reporta sur la piste. Matt malaxait maintenant avec ferveur les seins de Simone, puis l'invita à se tourner vers lui, prenant garde de ne pas la brusquer. Ils s'embrassèrent, lui se cramponnant à ses fesses tandis qu'elle avait ses bras noués autour de ses épaules. Pendant ce temps Clarisse retira son bustier bleu sous lequel elle ne portait rien, puis plaqua sa poitrine contre le dos de Simone, et lui caressa à son tour les seins, titillant ses tétons gonflés qui perçaient sous la robe, tout en l'embrassant sur la nuque. Portée par la vague, Simone planta ses ongles dans le cou de Matt, amenant de son autre main Clarisse à se presser plus fort contre elle. Cette dernière joua avec ses seins sur ses omoplates, tout en faisant lentement descendre ses paumes vers l'entrejambe de son amie.

Au buffet Stan était incandescent, tant à cause du spectacle que de son impuissance à le faire cesser, mais surtout il bandait de façon prodigieuse. Son esprit ne voulait pas s'avouer qu'il était surexcité, mais son corps, lui, ne mentait pas. À côté de lui, Hortense remarqua la toile étirée par cette érection terriblement prometteuse. Et comme si cela était parfaitement naturel, elle vint se poster contre lui, posa la main sur son sexe qui s'allongeait le long de sa cuisse, et se mit à en caresser la surface par-dessus le tissu, avec soin, avant de le serrer durement entre ses doigts, regardant son camarade droit dans les yeux tout en se mordant les lèvres. Et soudain elle enleva sa main, et alla se resservir un verre comme si de rien n'était.

Stan était stupéfait, incapable de réagir. Il voulait soulever sa jupette, tirer sur sa culotte pour dégager l'accès à sa chatte, et la prendre sauvagement, contre la table, cela avait l'air si simple, si facile... Mais il n'arrivait pas à s'y résigner, coupable, puisqu'il refusait de façon si bornée de voir Simone se donner à un autre. Au centre de la piste, Clarisse l'aidait à faire remonter sa robe noire de soubrette jusqu'à ses épaules, tandis que Matt faisait glisser avec délectation sa main sur ses jambes. Quand la robe eut disparu, Simone ne portait plus que ses escarpins, ses bas tenus par un porte-jarretelles, sa culotte noire en dentelle et son soutien-gorge assorti, qui contenait mal ses seins toujours aussi épris de liberté. Clarisse glissa la main sous la dentelle, lui faisant pousser un gémissement, et Matt posa sa main sur celle de Clarisse, séparée d'elle par la mince étoffe brodée. Absorbé par la scène, Stan ne vit pas Hortense se rapprocher, mais la sentit bien plonger dans sa combinaison, et attraper son sexe avec à-propos.

Son regard croisa celui de Simone. D'abord déstabilisée de le voir avec la main d'une autre dans le slip, elle lui sourit avec complicité, comme pour lui assurer que lui aussi, en cette rare soirée de célébration de l'amitié, avait le droit de s'amuser. Mais Stan n'arrivait pas à lui sourire en retour, il ne voulait pas lui donner, en se laissant caresser, un prétexte pour qu'elle aille plus loin. Mais quand Hortense vint se placer face à lui et sortit son sexe gorgé pour le branler avec dextérité, Simone quitta soudain son esprit, et il s'abandonna à la *cheerleader*.

Simone était devenue un jouet entre les mains de Matt et

Clarisse, qui la menèrent vers le canapé. Elle se posa au bord de l'assise et bascula en arrière, tandis que Clarisse s'agenouillait et lui faisait ouvrir les jambes. Matt dégrafa son soutien-gorge, mais Simone le retira elle-même, et dévoila ses seins parfaits, si lourds, si fermes. Subjugué, il les empoigna comme s'il avait voulu s'assurer de leur réalité, ses mains dépassées par leur volume, puis très vite ne put s'empêcher de porter les tétons bruns et durcis à ses lèvres, leur imprimant un mouvement circulaire de la langue, avant d'ouvrir la bouche en grand et d'aspirer au-delà de leurs aréoles, remplissant de leur chair sa bouche tout entière.

Clarisse la caressait d'une paume légère, survolant la dentelle, puis tira la culotte sur le côté et laissa apparaître son sexe, dont les petites lèvres proéminentes luisaient joliment sous l'ampoule du plafond. Elle en approcha ensuite son visage, et fit courir le bout de sa langue sur leurs contours enflés. Simone parut se crisper légèrement, puis, contre toute attente, se cacha le sexe. Était-elle aussi prête qu'elle le croyait ? Alors que Matt s'abreuvait toujours à ses seins, Clarisse lui embrassa l'intérieur des cuisses tout en lui caressant le dos de la main. Mais Simone continua à se protéger, fermant les yeux comme si cela pouvait l'aider à retrouver un peu de lucidité.

Quand elle les rouvrit, Stan lui faisait face du côté du buffet, en partie caché par le dos d'Hortense qui le branlait avec énergie. La pom-pom girl commença à se baisser, lentement, jusqu'à se mettre à genoux sans jamais lâcher son long sexe tendu, puis le prit sans hésiter en bouche. Simone ressentit comme un choc de voir la prude Hortense ainsi transformée, mais aussi de constater que Stan ne s'inquiétait plus d'elle, que plus rien n'existait pour lui que cette pipe, en extase devant cette bouche humide qui coulissait sur sa queue.

— Tiens. Respires-en, juste une fois.

Matt mit la fiole de poppers sous le nez de Simone, méfiante.

— C'est juste un petit stimulant. Rien de bien méchant.

Il en dévissa le bouchon et inspira une volute, aussitôt imité par Clarisse, qui tendit la fiole à Simone. Voyant les sourires béats qui se dessinaient sur leurs lèvres, elle essaya à son tour, et se sentit presque aussitôt gagnée par une euphorie inexplicable, comme si toutes ses pudeurs venaient subitement de voler en éclats. Elle retira sa main puis saisit le crâne de Clarisse pour qu'elle plaque sa bouche contre sa vulve, et laisse sa langue démontrer toute sa virtuosité.

Matt ôta son pantalon de marin et son slip, puis reprit les seins de Simone au creux de ses mains. Cette dernière observa son érection un instant, séduite par son sexe à la longueur certes modeste, mais à l'épaisseur au-dessus de la moyenne, puis le prit entre ses doigts, d'abord avec une sorte de curiosité, sans tenter de l'exciter, avant de faire aller et venir sa main de plus en plus vite, en exerçant une pression croissante. La tête de Matt tomba en arrière tandis qu'il lui pinçait les tétons.

Clarisse se débarrassa de ses talons, de ses bas qui lui donnaient si chaud ainsi que de sa jupe, et revint plonger son visage entre les jambes de Simone. La sentant de plus en plus mouillée et voyant son clitoris enfler à vue d'œil, elle immisça la phalange de son index à l'orée de son vagin, massant la voûte veloutée tandis qu'elle se prodiguait les mêmes attentions de son autre main. Chavirée, Simone parut s'effondrer sur la queue de Matt, qu'elle goûta du bout de la langue, avant de la prendre jusqu'au fond de la gorge.

Levant un bref instant la tête de la pipe étourdissante qu'on lui administrait, Stan écarquilla les yeux quand il vit sa petite amie se faire doigter tandis qu'elle suçait un autre homme. Son sang ne fit qu'un tour. D'une main ferme, il attrapa Hortense par le cou pour l'obliger à se relever et la fit se pencher en avant afin qu'elle pose ses coudes sur le buffet. Il fit remonter d'un geste rageur sa jupette jusque sous ses seins, il lui gifla les fesses de son sexe brandi, puis il déchira sa culotte blanche et sans autre forme de procès s'engouffra en elle en poussant un long râle, sa verge disparaissant jusqu'à ce que les fesses d'Hortense fussent collées à son pubis. Il la baisa ensuite consciencieusement en se cramponnant à ses hanches, Hortense poussant de petits cris à l'unisson de ses coups de boutoir. Sentant l'excitation monter trop vite, il dut se retirer prestement, sentant sa queue virer à l'état minéral tant elle lui semblait dure. Elle profita de l'accalmie comme de la position pour se servir un généreux verre de whisky, qu'elle avala d'une seule gorgée. Quand il eut fait redescendre la température, Stan se remit à l'empaler en la gratifiant de coups de reins plus secs et plus profonds encore.

Accoudée au buffet qui tanguait sur ses montants, Hortense observait le reflet déformé de son visage sur le saladier de sangria, dont la surface ondulait telle une mer déchaînée. Ce qu'elle avait sous les yeux était une Hortense si différente, si éloignée d'elle, qu'elle croyait voir une étrangère dans les traits renvoyés par le verre. Et cela accrut pourtant son plaisir. En se joignant à la bande dans cette aventure, elle avait vu l'occasion de se débarrasser enfin de cette image terne de bûcheuse trop sérieuse, trop chaste, à la limite de la frigidité. Et avec un sens certain du paradoxe, c'était avec les armes habituellement utilisées dans ses études, travail, méthode, volonté et absence d'affect, qu'elle était parvenue à forcer sa nature et à accomplir sa transformation. Elle avait voulu prouver sa capacité à incarner un personnage quasi exotique, le point d'orgue de la performance étant pour elle, l'éternelle binoclarde, de réussir à amener le beau gosse de la fac à la prendre comme une chienne, et ce devant sa propre petite amie.

Elle se tourna vers Tom. Il se tenait à un mètre à peine, et était comme paralysé, visage rougi et couvert de sueur. Il était le seul dans la pièce à n'avoir encore ôté aucun vêtement.

— Sors-la, lui ordonna-t-elle alors.

Comme il feignait de ne pas avoir entendu, elle tira vivement sur sa culotte de marquis et le déboutonna d'une main tandis qu'il restait incapable de la moindre réaction. Il bandait mollement, et elle ne prit pas la peine de masquer sa déception. Puis elle posa la main sur son périnée, l'amena à elle sans résistance, serra son sexe à sa base et fit glisser ses lèvres durcies en anneau autour de la hampe, joues creusées par l'aspiration. Guère jaloux et voyant qu'elle était en train de se tordre le cou, Stan la fit pivoter pour que tous trois se retrouvent parallèles à la table, les deux garçons se faisant face, séparés par Hortense qui prenait la queue de l'un par-derrière tandis qu'elle suçait celle de l'autre.

Les mains libres, Tom plongea son gobelet au fond du saladier de sangria. Il le porta plein et dégoulinant à ses lèvres, le vida en quelques gorgées puis le lança derrière lui, jouant la désinvolture. Cela fit rire Stan, qui mit une claque sonore sur la fesse droite d'Hortense, avant de regarder vers le canapé. Simone était toujours en train d'y sucer Matt, courbée sur lui, mais avec une application inégale, s'en détournant de temps à autre tant Clarisse savait jouer de ses doigts, tandis que d'une langue précise, elle lui faisait éprouver son clitoris dans ses moindres terminaisons nerveuses.

Hortense perçut bien la déconcentration de Stan. Alors, tout en gardant la verge de Tom entre ses doigts, elle se redressa en invitant Stan à se retirer, puis se saisit de la sienne avec fermeté.

Elle tira ensuite les deux hommes par la queue jusqu'au canapé, tels des valets soumis.

Clarisse et Matt levèrent des yeux gourmands vers le trio qui s'approchait d'un pas rendu incertain par l'ivresse, percevant surtout la nouvelle Hortense comme une rare friandise. Mais Simone, voyant Stan auprès d'elle, se sentit étrangement embarrassée. Comme si son petit ami était là en train de percer la bulle d'un monde intime qu'elle venait à peine de créer. Matt lui fit respirer sans prévenir la fiole de poppers, avant de la faire circuler de mains en mains.

Passé le rush éphémère des premières secondes, elle commença à ressentir un malaise, qui s'accentua quand elle en reprit à nouveau. Ses sens lui semblaient glisser entre ses doigts et les contours du décor s'estomper, tandis que les corps autour d'elle se fondaient en un brûlant magma de chairs nues dont elle était le noyau suffoqué. Ne traversèrent plus sa conscience que des instantanés que sa mémoire imprimait brièvement avant de les effacer : Matt assis à côté d'elle, chevauché par Hortense qui ne portait plus que sa jupette plissée et faisait onduler son bassin sur lui ; Stan, debout face au canapé, sa combinaison aux chevilles, muscles bandés et luisants, et Clarisse pendue à son cou, ses jambes autour de sa taille, qui montait et descendait sur son pieu, soulevée par lui comme si elle ne pesait rien ; elle-même, alors que Tom s'apprêtait à la prendre en levrette, lui disant d'une voix traînante, lointaine, quelque chose comme « j'ai toujours rêvé de te baiser le cerveau Tom, il m'excite tellement que j'ai envie de me le glisser dans la chatte... » ; et bien d'autres combinaisons encore, plus riches, plus complexes, jusqu'à ce qu'elles les impliquent tous, chacun constituant le maillon d'une longue chaîne...

Tremblante et trempée de sueur, perdue dans un brouillard de fièvre, sa tête lui faisait l'effet d'un caisson de basse où résonnait sans fin la musique qui passait dans la pièce. Elle parvint non sans mal à s'extraire de la mêlée, puis se dirigea vers la porte de la cabane. Une fois dehors, elle fit quelques pas vers le van, y prit appui de la main puis soudain se plia en deux pour vomir. Quand elle eut repris son souffle, elle alla s'asseoir sur les marches du porche et, tout en faisant rouler ses bas noirs à ses pieds, respira à grandes bouffées l'air rafraîchi de la nuit.

Le problème n'était pas simplement le poppers, elle le savait. Elle s'était sentie mal à l'aise, malgré son sourire de façade, dès qu'elle avait vu Stan se laisser entraîner par Hortense, et cela avait empiré en le voyant prendre son pied avec elle, puis se lâcher totalement. Lui, l'ennui au lit incarné, fade et sans imagination, s'était mué en une infatigable machine de sexe à plusieurs, se donnant sans compter dans des positions que jamais il n'avait osées avec elle. Et elle, si téméraire avant de débarquer à la cabane, se révélait finalement incapable d'aller au bout de son fantasme. La gêne était devenue plus intense encore quand elle s'était vue, extérieure à son propre corps, offerte à chacun, chosifiée, manipulée, mais peinant à prendre des initiatives, à agir, à désirer, tout simplement. Le concept de l'orgie amicale l'avait excitée au plus haut point, elle était tombée amoureuse de l'idée, mais la pratique lui avait montré, quand la soirée avait basculé dans la pure sexualité de groupe, qu'elle n'était pas prête à abandonner toute barrière intime avec ses amis.

Stan apparut sur le seuil, entièrement nu, sexe tendu devant lui. Il s'avança vers elle, et lui tendit sa courte robe de soubrette.

— Tiens. Prends pas froid.

Elle s'en saisit d'une main faible.

— Ça va pas ?

— J'ai juste besoin de prendre un peu l'air.

Elle se releva pour enfiler la robe. Un ange passa.

— Tu veux que je reste un peu avec toi ?

Sa question semblait sincère, mais Simone pouvait le sentir très impatient de retourner à l'intérieur.

— T'en fais pas pour moi. Retourne t'amuser.

— Hé, c'est toi qui as voulu ça Simone. Me reproche rien.

— Je te reproche rien, fit-elle sèchement. C'est pour ça que je le répète : retourne t'amuser.

Stan soupira, agacé, et désolé par la situation, puis disparut dans le salon, fermant la porte derrière lui.

Simone resta seule sur les marches, les yeux humides, humant la puissante odeur des pins. Elle s'approcha ensuite du van et du bout de son pied nu balaya la terre, couvrant pudiquement son vomi. Quelque chose attira alors son attention à l'arrière du véhicule. Le capot du moteur, que Stan avait tenté en vain de réparer la veille, était mal fermé. Mais elle ne s'inquiéta pas outre mesure. Elle regagna le porche sur la pointe des pieds, afin de ne pas les écorcher.

Un bruit de branche brisée lui parvint soudain, figeant son pas à mi-chemin de la cabane. Un bruit qui semblait venir du sous-bois, tout proche, bien trop proche...

8

— T'es mort ? Monsieur ! T'es mort ?

Marie tâtait le ventre de Pascal, qui restait inerte, pendu à ses entraves métalliques.

— Hé, monsieur ! T'es mort ? fit-elle encore, enfonçant cette fois profondément un doigt dans ses poignées d'amour.

Pascal grogna enfin pour signifier son réveil, puis toussa pour s'éclaircir la gorge, aussi sèche que s'il venait d'hiberner un hiver entier. Contentée, Marie se pencha pour voir son visage, que son cou n'avait plus la force de soutenir.

— Ça va monsieur ?

— Je… je suis en pleine forme, merci…

— T'as fait pipi sur toi et ça sent vraiment pas bon tu sais. On va nettoyer tout ça.

Elle prit un seau dans lequel marinait un mélange d'eau croupie et d'huile de moteur, puis en jeta le contenu à ses pieds.

— Voilà, c'est déjà mieux, tu trouves pas monsieur ?

— Mais vous êtes qui putain… marmonna-t-il d'une voix à peine audible, sans attendre de réponse.

— Moi ? Moi je m'appelle Marie, fit-elle avec une rare jovialité.

— Marie, enchanté... Non, je voulais dire toute votre putain de... Enfin vous êtes quoi ici, toute une famille ? se reprit-il en redressant la tête avec difficulté.

— Oui, y a mes deux frères, y a Jules, et puis y a Jim...

— J'ai déjà fait leur connaissance, oui.

— Et y a la Mère, mais... je sais pas son nom. On l'appelle juste « la Mère ».

— Je l'ai rencontrée aussi. Une femme charmante. Dis-moi Marie, tes frères et ta maman ils ont pas été très... très gentils.

— Ah bon ?

— C'est des gens très bien, vraiment, mais... je me disais que toi t'avais l'air peut-être un peu... différente, et que... tu pourrais m'aider ?

— T'aider ? En faisant quoi ?

— Eh bien, tu pourrais peut-être essayer de me détacher, déjà, et...

— Te détacher ? Et puis après, te laisser aller dehors ?

— C'est ça. C'est exactement ça. C'est pas très compliqué hein ? Tu crois que tu pourrais faire ça pour moi Marie ?

Elle baissa les yeux sur le sexe nu de Pascal et le regarda avec perplexité. Il était tout rabougri, fripé, rien à voir avec ceux des revues de son frère, ou celui du monsieur qu'elle avait vu à la cabane. Intriguée, elle le titilla du bout du doigt.

— Qu'est-ce qu'il a ? Il est tout petit, c'est pas normal !

— Merci pour le compliment. Non, je t'assure, il est d'une taille tout à fait classique.

— Mais normalement, c'est long, et c'est dur.

— Aaah... mais c'est parce qu'il est pas excité, c'est tout.

— C'est quoi, « excité » ?

— Tu me fais un sketch, c'est ça ?

— C'est quoi, « sketch » ?

— OK... Écoute, excité, c'est quand... quand on est très gentil avec lui par exemple.

— Comme la dame à la cabane, qui lui faisait des doudouces ?

— Marie, tu pourrais me détacher maintenant ?

Mais elle n'était déjà plus avec lui. Elle se tourna vers l'établi, y prit une éponge, un vieux bloc de savon qui semblait ne pas avoir servi depuis des siècles, frotta les deux sous l'eau brunie du robinet puis vint s'accroupir devant lui.

— Lui faire la toilette, c'est gentil ça ?

Sans lui laisser le temps de répondre, elle prit son sexe au creux de sa paume et le frotta avec l'éponge savonneuse, en nettoyant chaque parcelle avec application. Bientôt l'entrejambe de Pascal se chargea d'une mousse blanchâtre, nourrie par des effleurements toujours plus délicats de l'étrange morceau de chair, qu'elle soignait comme un petit animal blessé. Le randonneur avait beau être à bout de forces, et n'avoir plus à l'esprit que sa survie, les attentions de la rousse virginale au teint de lait, ainsi que la vue sur ses seins oppressés par son improbable robe princière, eurent sur lui un effet inévitable. La peau glissante de sa queue se tendit peu à peu entre les mains d'une Marie fascinée, qui en épousseta la mousse pour profiter du spectacle. Bien vite ses doigts durent s'ouvrir comme des pétales face à l'enflement du membre, elle vit le gland éclore telle une fleur pourpre, et la tige s'étirer jusqu'à atteindre, en un instant magique, la taille des plus beaux spécimens croisés dans les pages collantes des magazines de Jules. Alors, mue par un instinct venu des âges les plus lointains de l'humanité, elle se mit à branler Pascal, le sentant durcir encore entre ses doigts. Encouragée par ses soupirs, elle haussa le rythme de ses va-et-vient jusqu'à ce que sa verge ne soit plus qu'un long manche inflexible.

Elle se leva, remplit le seau d'eau et revint le verser sur Pascal pour faire disparaître le nuage de savon. Elle s'accroupit ensuite, le reprit en main et, avec une touche de méfiance, approcha sa bouche du gland tumescent. Elle y déposa d'abord un baiser léger, frôlant à peine la muqueuse, puis le fit glisser sur sa langue tel un rose bonbon, serrant la couronne entre ses lèvres. L'âcre goût du savon était encore présent, mais il s'estompa vite tandis que sa langue répandait sa salive tout autour. Tout en le gardant en bouche, elle se remit à faire coulisser sa main sur la hampe, de plus en plus vigoureuse. Les gémissements de Pascal montèrent dans les aigus, ses membres tremblant comme si une puissante fièvre l'envahissait. Excitée par ces effets, Marie posa la main sur son minou et de ses doigts en écarta ses lèvres trempées.

Le corps de Pascal cessa soudain de trembler, comme statufié. Quelques secondes plus tard, Marie sentit une substance tiède et épaisse jaillir dans sa bouche jusqu'à ses amygdales. À peine eut-elle goûté l'amère liqueur qu'elle se renversa en arrière, toussant et se raclant la gorge pour en recracher tous les résidus.

— Mais pourquoi t'as fait ça?!

— Comment ça, pourquoi j'ai fait ça? C'est pas ce que tu voulais?

— C'était quoi? Pourquoi les messieurs ils font ça?

— Les messieurs ils font ça quand ils sont très contents, tu devrais être heureuse...

— Mais... pourquoi ils sont contents... comme ça?

— Je te promets de t'expliquer si tu me détaches. D'accord Marie? Tu veux bien me détacher maintenant?

Tout en essuyant de la main les dernières gouttes filandreuses sur ses lèvres, Marie parut sincèrement réfléchir au sort de Pascal. C'est alors qu'on entendit la porte de la cave s'ouvrir, puis des pas lourds écraser les marches de l'escalier.

*

Cela faisait neuf, dix fois que l'autoreverse retournait la cassette, personne ne le savait précisément, et d'ailleurs personne ne s'en souciait. Les fruits de la sangria baignaient dans le fond du saladier, et la fiole de poppers était presque entièrement évaporée. Clarisse, Matt, Tom, Hortense et Stan se joignaient comme des dominos aux possibilités d'association infinies, jouant une scène aux faux airs de tableau mythologique. Allongée sur le dos, sa tête reposant sur l'accoudoir, Clarisse léchait les bourses de Tom debout au-dessus d'elle, tandis qu'il abattait sur sa poitrine la cravache, striant ses seins de traînées écarlates. Entre les cuisses de Clarisse était plongé le visage de Stan, trempé de sueur et de cyprine mêlées. Il lui mangeait le clitoris, le pinçait entre ses lèvres, l'aspirait, le suçotait tout en insinuant son index dans sa vulve, et en jouant avec le plug qu'elle s'était mis dans l'anus. Derrière lui se trouvaient Hortense et Matt, qui prenait celle-ci en levrette contre le dossier du canapé, tandis qu'elle se branlait au son lancinant du bourdonnement vibromassant. La fête battait son plein.

Matt quitta finalement Hortense et alla fouiller dans le sac de sport, dont il sortit un flacon d'huile de massage, ainsi qu'un gode de taille respectable. Mais alors que la pom-pom girl, qui ne portait plus d'autre vêtement que ses baskets, se cambrait pour accueillir le membre en caoutchouc, il lui demanda de descendre et vint prendre sa place, s'agenouillant sur le canapé. D'abord déconcertée, elle fit couler un épais filet d'huile sur le gode tandis qu'il inspirait le reste du poppers, approcha avec prudence du gland, puis n'eut besoin que d'une faible pression pour l'engouffrer, l'anus de Matt s'ouvrant comme une fleur printanière. Toujours avec précaution, elle fit aller et venir le phallus sur quelques centimètres, mais Matt montra vite des signes d'impatience.

— Vas-y, prends-moi comme une chiennasse, asséna-t-il avec une agressivité étonnante à sa camarade.

Hortense ne se le fit pas dire deux fois, et plongea le gode en lui tel une dague. Matt hurla sous la force de la douleur. Apeurée, elle le retira aussitôt, laissant la béance de son cul plongée dans des ténèbres obscures, puis voulut s'excuser de sa maladresse. Matt la rassura. Pour que la douleur fut vaincue, il fallait y revenir sans perdre de temps. Elle replongea l'appendice avec plus de mesure. Peu à peu la souffrance s'estompa, et ses gémissements s'amplifièrent. Tandis qu'elle l'empalait méthodiquement, Hortense pouvait voir le plaisir surmonter la douleur chez lui. Il finit ainsi par atteindre une sorte de félicité, sourire béat aux lèvres, puis vit à portée de main les fesses moites et musclées de Stan, affairé sur Clarisse. Pendant qu'Hortense le pénétrait, il s'enduisit l'index d'huile de massage et, d'un geste on ne peut plus spontané, l'approcha de l'anus de Stan, détendu par le poppers, avant d'y insérer le bout de sa phalange. Son camarade se crispa tout de suite, lui qui en refusait d'ordinaire l'accès à Simone, et Matt sentit les pourtours de l'orifice se resserrer sur son doigt. Mais il ne se laissa pas décourager, et insista avec une maîtrise certaine de la pratique. L'étau se desserra peu à peu et à son tour Stan se cambra, laissant admirer de saillants lombaires. Un doux massage débuta.

— Tu fais ça trop bien Hortense… lâcha-t-il entre deux soupirs.

Elle ne put s'empêcher de rire, avant que l'hilarité ne gagne le reste de ses camarades. Ne comprenant pas ce qui se passait, Stan se retourna. Hortense était très occupée certes, mais plutôt à goder Matt. Une lueur horrifiée dans les yeux, il frappa violemment la main de ce dernier et voulut se redresser, mais Clarisse enroula les jambes autour de son cou et le maintint sur le canapé, visage collé contre son sexe brûlant.

— C'est une prise qu'on m'a enseignée cette année à mon cours de ju-jitsu. Ça s'appelle un « étranglement en triangle ».

Elle saisit sa cheville et tira dessus pour faire pression sur la nuque de Stan, l'empêchant de respirer. Malgré sa force physique, il ne put lutter contre l'effet de levier, à sa merci.

— Détends-toi… Tu vas voir, Matt sait vraiment s'y prendre…

Sa rébellion, tout en virilité fièrement brandie, avait de toute façon quelque chose de factice. L'avant-goût donné par Matt était trop alléchant pour refuser ce qui pouvait se trouver au-delà. Il résista pour la forme, puis voyant que la prise de Clarisse était impossible à vaincre, s'abandonna à la main de Matt, qui s'aventura en lui avec le même raffinement de geste que si elle visitait là un palais princier aux murs richement ornementés.

Branlé et sucé par Clarisse, Tom poussa soudain un authentique hennissement, puis répandit un flot intarissable sur ses seins. Dès lors, le canapé fut le théâtre d'une stupéfiante réaction en chaîne. Étalant le sperme chaud sur sa poitrine, Clarisse se mit à frissonner, prémices de contractions étreignant son corps tout entier. Ses jambes étouffèrent plus que jamais Stan, avant de le libérer brutalement, retombant comme mortes de part et d'autre de son visage. Excité par l'orgasme de Clarisse et fouillé dans ses entrailles par Matt, Stan sentit venir une jouissance telle qu'il n'en avait jamais connu, qui explosa sans même qu'il porte la main à son membre. Se branlant tout en doigtant Stan, godé avec énergie par Hortense, Matt jouit à son tour, et acheva de sinistrer pour toujours les pauvres coussins du canapé. Admirant le spectacle des corps repus de plaisir, Hortense conclut un mouvement d'ensemble digne des plus belles symphonies par un puissant orgasme né de son clitoris, avant de retomber, elle aussi épuisée, sur le dos de Matt courbé devant elle.

Après s'être laissé de longues minutes pour reprendre ses esprits, Stan fut le premier à quitter la pièce. Il se dirigea vers la porte puis s'avança sous le porche, espérant que Simone ait échappé au spectacle de sa défloraison. Mais elle n'était pas là où il l'avait laissée... quelques minutes ? quelques dizaines de minutes auparavant ? Il ne savait plus, tant le temps lui avait semblé se dilater sur le canapé. Il fit quelques pas vers le van, jeta un œil tout autour de la cabane, mais ne vit toujours aucune trace de Simone. Il l'appela à plusieurs reprises, sans réponse. Tom vint le rejoindre, revêtu de sa culotte de marquis.

— Simone est pas là ? Il s'est passé quelque chose tout à l'heure ?

— Elle avait juste besoin d'être tranquille un moment. Elle a dû aller prendre l'air dans la forêt.

— Tu sais Stan, y a une famille bizarre qui habite dans le coin. On est tombés sur eux en se promenant cet après-midi. Ils sont vraiment... baisés de la tête tu sais.

— Et alors ? Qu'est-ce que t'essaies de me dire ?

— Rien, rien du tout, mais pour que tout le monde soit rassuré, peut-être qu'on devrait la chercher tous ensemble.

— J'ai pas besoin d'être rassuré, parce que j'ai confiance en ma Simone. Elle est pas stupide, si ça se trouve elle est juste à deux pas d'ici, endormie au pied d'un arbre.

— Mais tu veux pas qu'on jette un œil, juste pour voir si...

— Si dans une heure elle est pas revenue, on ira chercher autour de la cabane. En attendant... cette soirée est pas encore terminée.

Et sous les yeux médusés de Tom, Stan retourna vers le porche d'un pas conquérant, son sexe s'élevant peu à peu vers le ciel.

*

— Mais qu'est-ce que t'as encore fait, espèce de petite putain ! Je te laisse une heure pour réfléchir à ce que t'as fait et toi tu… tu pompes le nœud de cet étranger !

Jim n'avait pas de mots assez durs pour qualifier l'acte de Marie. Épuisé, vidé, Pascal leva faiblement la tête et vit le colosse botter le cul de sa sœur de façon on ne peut plus littérale, la force du coup de pied faisant voler la pauvre enfant sur plusieurs mètres. Elle s'étendit sur le sol fangeux, le nez dans une flaque où nageaient des plumes, des poils et des bouts de chair pourrissants à l'origine trouble.

— Alors, je croyais que vous faisez tout ensemble avec Jules, s'étonna-t-elle en voyant Jim bien chargé. Quand il va savoir il va être très en colère contre toi !

— Oh, mais Jules il va rien savoir du tout, parce que si jamais il apprend quelque chose, je jure que je t'arrache la langue. Je devrais déjà le faire, tu l'as souillée avec la semence d'un étranger !

Effrayée par les yeux de dément de son frère, Marie se releva vite et courut vers l'escalier, montant les marches quatre à quatre avant de claquer la porte. Jim put aller tranquillement étaler son chargement sur la table d'examen.

Simone émergea à la funeste réalité quand sa tête heurta le métal. Elle était la captive d'un monstre, et le monstre l'avait ramenée jusque dans sa tanière, dont elle découvrait un à un les détails, sa vue troublée par les vertiges qui l'étourdissaient.

— Où... où est-ce que je suis ?

— Ça ressemble au paradis ? répondit Jim, sourire aux lèvres.

Il avait jailli dans son dos et l'avait assommée d'un seul coup de poing à la tempe, puis n'avait plus eu qu'à la ramasser telle une poupée désarticulée. Une poupée qui retrouvait doucement l'usage de ses sens, mais trop tard. Il sangla en effet ses poignets aux crochets de fer rouillés, puis attrapa ses jambes et les attacha aux reposoirs, qui ouvrirent son entrecuisse ombré par sa robe de soubrette. Il la déchira comme une feuille de papier, puis alla prendre sur une des étagères un étrange objet. Il s'agissait d'un assemblage mécanique de toute évidence bricolé, dont il vissa le support sur le plan de la table dans des trous prévus à cet effet. Simone découvrit alors, dans l'horizon de ses cuisses déployées, un système de roues dentées dont l'engrenage était actionné par une manivelle, et dont la finalité était de faire tourner sur elle-même un large disque parsemé sur sa circonférence, à intervalles réguliers, de plumes de bonne taille.

— Qu'est-ce que c'est que ce truc... demanda Simone, entre effroi et réelle curiosité.

— Ça s'appelle « la roue des plaisirs ». En fait, c'est aussi un jeu de mots avec « déplaisir », mais je m'en étais pas rendu compte au début, c'est la Mère qui m'a fait la remarque, parce que moi je connaissais pas ce mot-là. Parce que cette roue, elle peut te faire du bien, mais en même temps, elle peut te faire du mal. Tu comprends ce que je veux dire ?

— Oui, je… je crois que je vois le concept…

— Bien. Maintenant ferme-la, si tu cries je te jure que je te coupe la tête, et ce sera pas d'un coup de hache, ce sera à la scie égoïne…

— S'il vous plaît, mes amis doivent déjà être à ma recherche… Libérez-moi et je vous jure que je dirai rien.

— T'as pas écouté ce que je t'ai dit ? C'est la roue des plaisirs. T'auras mal seulement si t'y mets pas du tien. Et autant te prévenir, ça servira à rien de crier, personne peut t'entendre ici. Personne sait qu'on existe. Et ceux qui le savaient eh bien… Je te fais pas un dessin.

Alors qu'elle restait sans voix, saisie par la terreur, Jim prit sur l'établi ce qui ressemblait à un humérus humain, sans que sa présence ne lui paraisse le moins du monde incongrue, et le coinça entre les dents de Simone pour lui bloquer la mâchoire. Il vint ensuite se placer derrière sa machine, caressant la barbe d'une des plumes, dont le calamus était comme les autres collé à la roue par une glu solide.

— C'est tout de l'artisanal, tu sais. De la récupération pour le mécanisme, et les plumes, elles viennent des poules de la maison. Y a rien qui se perd ici, vous devriez prendre exemple sur nous, vous les gens des villes, le monde se porterait mieux…

Jim empoigna la manivelle et mit en mouvement les roues

engrenées. Le disque à plumes se mit à tourner doucement, chacune venant caresser le sexe de Simone sur toute son étendue, du clitoris jusqu'au bas des lèvres. Elle tenta bien d'en rester hors de portée, mais son bassin était lui aussi harnaché au froid plan métallique.

Dès les premiers effleurements, et en dépit du tragique de la situation, elle ne put s'empêcher de rire dans un couinement aigu, un os en travers de la bouche. Habile, Jim faisait varier la vitesse de la roue ou en inversait le sens de rotation, de sorte qu'elle ne puisse s'accommoder aux chatouilles. Son corps se tordait en spasmes nerveux au rythme de ses rires étouffés, alors il accéléra jusqu'à ce qu'elle souffre de crampes dans tous ses membres, des larmes coulant en abondance sur ses tempes. Et il poursuivit, jamais rassasié, pour atteindre le moment où elle parut sur le point de perdre connaissance, suffocante, tétanisée, noyée par ces rires qui ne pouvaient franchir le seuil de sa bouche. Le supplice avait déjà duré vingt bonnes minutes.

Jim s'approcha du visage de sa proie, saisit une extrémité de l'humérus et tenta de le retirer, mais les mâchoires de Simone étaient trop solidement contractées autour de l'os, comme la main crispée d'un mort. Il se dirigea à nouveau vers l'étagère, et en revint équipé d'une roue qu'il substitua à celle parsemée de plumes. À leur place étaient attachées des lanières de cuir d'une quinzaine de centimètres.

Ces dernières eurent au début le même effet caressant que les plumes, mais Jim, qui s'amusait avec une joie enfantine, augmenta rapidement la vitesse de rotation. Bientôt les lanières se mirent à claquer durement sur le sexe de Simone, dont les cris, comme ses rires peu avant, furent absorbés par l'os. Excité de la voir geindre et se débattre en vain, Jim tourna la manivelle toujours plus vite, jusqu'à en éprouver lui-même une crampe au bras. Martyrisée, la vulve de Simone avait viré au cramoisi. Sous le regard épouvanté de Pascal attaché à quelques mètres de la table, la tête de la jeune femme bascula sur le côté, et l'humérus tomba dans la poussière.

9

Étendu sur le tapis en peau de vache au pied de la cheminée, Stan fut le premier à ouvrir les yeux, et à découvrir sur le sol les vestiges de la nuit : cadavres de bouteilles, sous-vêtements et costumes, chips écrasées, assiettes de saucisses cocktail renversées... Au petit matin la cabane avait des airs de champ de bataille, comme après un Waterloo de la partouze. Il crut un instant s'être réveillé avec une immense chipolata au creux de la main, avant de comprendre qu'il s'agissait en réalité d'un double gode couleur chair. Dans un réflexe effrayé, il le lança dans les cendres de la cheminée. Ses camarades gisaient nus et entassés dans le canapé, tel un gros tas de chairs fatiguées.

Il se redressa en grimaçant, perclus de courbatures et frappé de plein fouet par une puissante migraine, mais la seule chose qui l'inquiéta vraiment, quand il parvint à se mettre debout, fut la douleur aiguë qu'il ressentit au niveau du fondement. Des images fugaces de la nuit lui traversèrent l'esprit, images qu'il chassa avec dégoût, priant pour que tout ça ne fût pas réellement arrivé. Mais lorsqu'il posa les yeux sur le gode dans la cheminée, un flash effroyable lui revint. Il éteignit rageusement le radiocassette puis, pris d'un impérieux besoin d'air frais, rejoignit le porche en boitillant.

Simone n'était toujours pas réapparue. Le jour s'étant levé, il se hasarda à l'orée du bois et fit le tour de la cabane. Elle ne s'était pas endormie au pied d'un pin comme il l'avait avancé, l'idée était stupide, il en convenait lui-même. Il retourna à l'intérieur, inspecta les chambres, la salle de bains, puis vint secouer le canapé où dormaient encore les quatre corps entremêlés. L'un après l'autre, chacun se découvrit nu comme un ver, collé à son voisin, et après l'euphorie embrumée de la nuit passée, le soleil matinal jetait une lumière crue sur des visages sans fards, et des peaux défaites de leurs atours aguicheurs. La fête était finie. On s'éloigna les uns des autres avec gêne, et on remit vite quelque chose sur soi.

— Simone est toujours pas là, lâcha Stan.

Le malaise laissa place à l'inquiétude. Tom évoqua à nouveau la famille « baisée de la tête » qui vivait dans la montagne.

— Pourquoi tu m'en as pas parlé cette nuit ?

— Je l'ai fait ! Mais t'écoutais rien. Comme tout le monde, t'étais bourré, et tu pensais qu'à retourner à l'intérieur après que...

— Après que quoi ?

— Après que... Matt t'a mis un doigt dans le cul. Entre autres.

Aussi honteux qu'il fût, Stan savait qu'il était inutile de protester. Il avait pris du plaisir, de la main d'un homme, et tout le monde était au courant. De plus, le temps pressait.

— Habille-toi, ordonna-t-il à Tom. Et emmène-moi jusqu'à cette putain de famille.

*

Pendant que Jules lapait son lait comme un chat assoiffé, Marie faisait inlassablement tourner sa cuiller dans son bol, entraînant à la surface une danse de grumeaux qui d'ordinaire ne l'aurait pas troublée, mais qui en cette matinée particulière la dissuadait de tremper ses lèvres dans le breuvage.

— Qu'est-ce qu'y a, t'as pas faim ? Faut boire ton lait mon enfant, c'est comme ça qu'on grandit, lui conseilla judicieusement la Mère.

Marie repoussa son bol devant elle, tandis que Jules récupérait les dernières gouttes au fond du sien avec ses doigts, qu'il suça goulûment.

— Maman, je peux te poser une question ?

— Quoi ? Qu'est-ce que tu veux savoir ?

— C'est quoi le truc blanc qui sort du minou des messieurs ?

La Mère en recracha son lait sur la table.

— Qu'est-ce que c'est que cette question ?! On est en train de faire le petit déjeuner Marie !

— Bah oui mais tu m'as dit que je pouvais te poser une question.

— D'abord, ça s'appelle pas le minou, ça s'appelle le zizi chez les messieurs. Et y a pas de truc blanc qui sort. C'est comme chez les madames, ça s'appelle le pipi.

— Ah non, c'est pas le pipi que je te parle ! Moi je parle du jus qui sort quand ils sont contents. Celui qu'est blanc et tout collant.

— Mais où t'as entendu parler de ça toi ?!

— Mais je l'ai vu maman. C'est le monsieur à la cave qui m'a fait montrer. Il m'en a mis partout dans la bouche.

La Mère se leva de sa chaise, toisant sa fille d'un œil sombre comme un ciel d'orage. Jules restait silencieux, ahuri.

— Tu mens. Tu dis ça pour m'énerver.

— Non maman ! Même que c'est pas bon. Pas bon du tout !

— Espèce de petite catin, t'as quand même pas osé...

— C'est la faute à Jim, c'est lui qui m'a enfermé avec le monsieur !

— Jim ? Et pourquoi il aurait fait ça Jim ?

— Il voulait me punir ! À cause que je m'étais enfuie hier soir par la fenêtre !

— Mais qu'est-ce qu'on va faire de toi ma fille... Depuis que t'es née j'ai essayé de te garder loin de toute cette saleté et maintenant... T'es aussi dépravée que ta pauvre mère !

— Mais c'est pas ma faute si le monsieur il m'a lancé son jus !

— Oh, tu crois que je sais pas comment ça arrive ? Tu l'aurais pas un peu aidé par hasard ?

Marie baissa les yeux sur la table. La Mère se laissa un instant de réflexion, puis interpella Jules.

— Enferme-la dans sa chambre, et soude sa fenêtre.

— Mais maman j'ai rien fait de mal !

— Et trouve-moi Jim, j'ai deux mots à lui dire.

Jules s'exécuta. Il prit Marie dans ses bras, plaquant sa paume repoussante sur sa bouche, puis l'emporta à l'étage pour la jeter sur le lit de sa chambre. Il redescendit ensuite à la cave chercher un fer à souder pour s'occuper de la fenêtre. Mais il sentit tout de suite que quelque chose clochait en bas.

D'ordinaire rangée sur une étagère, la « Roue des plaisirs » gisait devant la table métallique, renversée sur le sol. Sur le plateau en acier, il découvrit stupéfait son frère étendu de tout son long, fesses à l'air et jean aux chevilles, endormi la main crispée sur une bouteille vide. Mais surtout il devina sous lui le corps inerte de Simone, écrasé par la lourde carcasse. Son esprit mit certes quelques secondes pour relier toutes ces informations, mais quand ce fut fait, sa réaction fut on ne peut plus limpide. Il se rua sur la table, arracha la bouteille de la main de son frère puis l'abattit de toutes ses forces sur son crâne, avant de plaquer le tranchant du tesson sur sa gorge, des sanglots étranglant sa voix.

— Pourquoi tu m'as pas attendu Jim ? Tu sais bien qu'on fait tout ensemble !

La main de Jules tremblait si fort qu'elle menaçait à tout instant de sectionner la carotide de Jim.

— Scuse-moi Jules... C'est cette fille... J'ai pas pu résister !

Jules serra les dents jusqu'à les faire grincer, puis retira soudain le tesson et le lança avec rage contre le mur d'en face. Pascal, qui y était toujours attaché, vit la volée de verre exploser à un mètre de son visage. Jim se renversa sur le côté et laissa apparaître le corps de Simone harnaché à la table, remonta son pantalon, fit face à son frère un instant, puis lui décocha brusquement un crochet du droit monumental. La tête de Jules tourna pourtant à peine sur son cou taurin.

— Me menace plus jamais comme ça, t'as compris ?

Jules tremblait, les yeux humides, la gorge serrée.

— Tu m'as trahi frangin !

— Je voulais monter et te dire de venir et puis... j'ai oublié. Cette salope m'a épuisé, et je me suis endormi. Mais j'allais le faire je te jure...

— Tu mens, tu me racontes des conneries !

Alertée par le bruit, la Mère fit irruption dans la cave.

— Mais qu'est-ce qui se passe ici ? Qui c'est qui s'amuse à casser du verre partout ?

— C'est la faute à Jim. Il s'est ramené la fille pour lui tout seul !

— Jim ? C'est vrai ce qu'il raconte ?

Jim regarda ses pieds racler le sol, confus.

— Je suis désolé m'man, je pensais pas à mal.

— Non, mais ta petite queue, ça oui !

La Mère s'avança vers la table et tapota sur la joue de Simone, qui resta sans réaction.

— Elle est morte ?

— Je sais pas trop. J'y suis pas allé de main morte en tout cas.

Elle se tourna vers Pascal, qui marmonnait, inaudible.

— Débarrassez-moi de ça, dit-elle en désignant les deux étrangers.

Jim alla dénouer les sangles de Simone et la chargea sur son épaule, tandis que Jules déverrouillait une des menottes qui scellaient le randonneur au mur. Quand il s'apprêta à faire de même avec la seconde, la Mère vint l'interrompre.

— Laisse. Je vais m'occuper de celui-là en fait, reprit-elle en masquant mal une fébrilité palpable.

Il lui remit sans protester la petite clé, car il n'avait qu'une idée en tête, se venger de son frère, et de préférence en lui rendant la pareille. Sa cible était déjà toute trouvée : Laurence, toujours détenue dans la grange, et surtout son anus, dont la roseur et l'élasticité hantaient ses nuits depuis qu'il avait pu s'y aventurer.

Il courut ainsi vers la fragile maison de bois comme un sanglier en rut, et en fracassa la porte d'un seul coup de poing. Aveuglée par la soudaine lumière, Laurence vit se découper sur le seuil l'effrayante silhouette du colosse, essoufflé et surexcité.

— On va finir ce qu'on a commencé hier… lâcha-t-il sans desserrer les mâchoires, avant de fondre sur sa proie épouvantée.

*

Derrière le chalet familial, en s'aventurant seulement de quelques pas dans la pinède, on pouvait jouir d'un spectacle difficile à croire en cette montagne dominée par la terre sèche et la rocaille. Sur quelques dizaines de mètres carrés s'étendait une végétation spectaculaire, que l'on ne trouvait nulle part ailleurs : plantes luxuriantes à la verdeur intense, fleurs éclatantes à la palette de couleurs infinie, ainsi qu'une étonnante variété de champignons, qui s'épanouissaient là comme s'ils y avaient trouvé leur éden.

Jim déposa sans grande émotion le corps de Simone à la lisière du jardin, puis il se mit à creuser, par des gestes empreints d'une certaine lassitude, qui était celle d'une trop vieille habitude. La luxuriance était à ce prix.

*

Dans le silence et la puanteur de la cave, la Mère faisait face à Pascal, dont le poids du corps tirait sur sa seule main accrochée.

— Mon Jim. Qu'est-ce qu'il lui a fait à cette salope ?

— J'ai pas tout vu. Je me suis évanoui rapidement vous savez...

La Mère éclata de rire, comme si c'était la meilleure de l'année.

— Je l'ai juste vu se servir de... de sa roue des plaisirs, poursuivit-il. Vous savez ce que c'est, je suppose.

— Ah ça j'en ai entendu parler. De la belle ouvrage hein ?

— Eh bien je ne suis pas spécialiste mais... vos fils ont du talent, on ne peut pas dire le contraire.

— Des passionnés, voilà tout !

— S'il vous plaît, ne me tuez pas.

— Tu sortiras d'ici les pieds devant, te fais pas d'illusions là-dessus.

— Alors faites-le rapidement. J'ai assez souffert comme ça.

— Tu sais rien de la souffrance. Moi je sais ce que c'est. Et mon mari, paix à son âme, lui aussi sait ce que c'est.

— Qu'est-ce qui lui est arrivé ?

La Mère se tut quelques instants, puis laissa échapper un soupir, embarrassée.

— Je lui ai coupé les couilles, et je l'ai laissé se vider de son sang jusqu'à ce qu'il en crève.

Pascal savait qu'il aurait dû être terrifié par cette révélation, mais il ne parvenait même plus à être surpris.

— Il... il vous avait fait du mal, à vous, et aux enfants ?

— Oui, mais pas au point de mériter ça. Mon garçon,

comme t'as pu t'en rendre compte, j'ai pas des réactions toujours très rationnelles…

Avec une certaine crainte, il la vit se diriger vers le meuble où elle rangeait le nœud de pendu, et bien vite ils se retrouvèrent dans la même position que la veille. La Mère était agrippée à la corde passée dans le crochet du plafond, juchée sur la deuxième marche de l'escabeau, tandis que Pascal avait un nœud coulant autour du cou et une érection massive en train de naître entre les cuisses. Un haut-le-cœur le secoua quand il la vit écarter ses fesses, et approcher de son gland son cul ordurier, telle une porte vers l'Enfer. Elle s'empala sur lui d'une seule poussée, enculée jusque dans ses tréfonds. Pascal était en état de sidération, incapable de révolte. Il l'aurait bien frappée de sa main libre, mais il se sentait vidé de toute énergie, de toute volonté. Même si être frappée était tout ce qu'elle attendait.

— Claque-moi le cul ! Vas-y, claque-moi le cul de toutes tes forces ! beugla-t-elle en effet entre deux allers-retours.

Elle le sentit rapidement faiblir entre ses reins, dans sa vaillance comme dans sa vigueur. Craignant qu'il ne rende bientôt l'âme, elle se dit que le temps pressait si elle voulait profiter quelques derniers instants de son randonneur providentiel. Pour rendre un peu de force à son érection, il fallait redonner de la tension à la lourde corde. Pour ce faire, elle monta un peu plus haut sur l'escabeau et s'apprêta à se suspendre à la corde, quitte à briser une fois pour toutes le cou de son invité.

Harassé et impatient de se voir donner le coup de grâce, Pascal fut soudain saisi par un éclair de lucidité, et durant une fraction de seconde entrevit l'unique chance qui lui serait offerte. Rassemblant ses ultimes forces, il réussit à donner un coup de pied sur l'un des montants de l'escabeau, qui bascula lentement, lentement… avant de se renverser sur le sol. La Mère n'eut pas le temps d'empoigner la corde, et tenta d'amortir tant bien que mal sa chute inéluctable. Malgré sa santé de fer, une ostéoporose précoce fragilisait ses articulations, et sa cheville se brisa en touchant terre. Elle essaya désespérément de se rattraper à tout ce qui était à sa portée mais, dans une grotesque pantomime, finit par s'effondrer à proximité de la table d'examen. Pascal vit son crâne se ficher dans un de ses coins en acier tranchant, enfoncé jusqu'au centre de son cerveau. Son corps fut secoué de tremblements quelques instants, avant qu'une nappe de sang ne se répande sur le métal froid. Il n'arrivait pas à croire ce que ses yeux lui faisaient voir.

— Ma… madame ? Vous allez bien ? demanda-t-il ainsi, bien conscient du ridicule de sa question.

Son regard glissa sur le sol, à équidistance de la table et du mur. Dans sa chute lamentable, la Mère avait fait tomber à cet endroit la clé de la seconde menotte. Il s'étendit de tout son long, tirant sur son poignet jusqu'à le faire saigner, pour emmener sa jambe le plus loin possible. Il réussit à toucher la clé du bout du pied, puis à la faire glisser dans la poussière jusqu'à lui. Il parvint ensuite à se déchausser et attrapa le petit bout de métal entre ses orteils, qui le remirent dans sa main libre. Après avoir déverrouillé la menotte, il tomba à genoux. Il avait vaincu la Mère, mais s'il voulait sauver sa peau, il ne devait pas moisir dans la cave. Les frères seraient bientôt de retour. Il s'empara d'un tuyau de poêle qui traînait sur le sol, et remonta vers le monde réel.

✶

Laurence tirait sur la lourde chaîne ancrée dans la terre battue de la grange, pathétique, sans aucune chance de la faire céder. Jules la regarda s'escrimer en vain, amusé, puis laissa tomber sa salopette sur ses godillots démesurés. La jeune femme vit se dresser un monstre de chair comme l'humanité en avait sans doute rarement engendré, un membre si interminable, si vaste, aux couleurs et détails si variés qu'il semblait être issu de l'assemblage d'organes prélevés chez plusieurs individus, tel un Frankenstein génital. Éclatant juste sous son nez, le gland de Jules lui parut avoir la taille d'une balle de tennis, et à en juger par le parfum qu'il exhalait, n'avoir pas été lavé depuis de longs mois.

Voyant la bouche ouverte de sa captive médusée, il tenta d'y enfourner son sexe sans avoir la courtoisie de lui demander son avis, mais il réalisa bien vite qu'il ne pouvait s'y frayer un chemin, dépassant à peine la frontière de ses lèvres. Laurence l'aurait volontiers circoncis avec les dents, seulement ses mâchoires étaient bloquées par la massive intrusion, et impossibles à mouvoir. Jules se retira à regret, et dans le même temps la jeune femme crut rendre son estomac tant le goût lui parut l'avoir souillée jusque dans sa chair.

Frustré, furieux, Jules arracha le crochet planté dans le sol et traîna Laurence vers un des piliers soutenant la charpente. Il enroula ensuite les maillons de la chaîne autour de ses poignets pour l'empêcher de se débattre, puis la souleva de terre par les aisselles, la plaquant face contre le bois rugueux.

Tout en la maintenant surélevée, tel un sacrifice humain crucifié sur une divinité totémique, il empala tout bonnement Laurence, s'enfonçant en elle centimètre après centimètre, l'ouvrant comme une mer. La douleur alla au-delà de ce qu'auraient pu exprimer des cris, forcément dérisoires. À chaque va-et-vient de Jules, elle se sentit envahie par un autre être cohabitant dans le même corps, qui l'obligeait à repousser ses limites physiques jusqu'à la rupture. Trop faible pour lutter, elle n'attendit plus que cette dernière pour être libérée.

Mais peu à peu la muqueuse déploya toute l'étonnante plasticité dont elle était capable, et les assauts du membre d'équidé lui parurent trouver une forme d'humanité, même si toute relative. Doucement la séance de torture devenait presque supportable. Jules sentit bien que les tissus de sa partenaire se décontractaient, et accéléra la cadence.

Comme si elle avait perdu le contrôle, Laurence s'entendit lâcher faiblement, comme extérieure à elle-même, un « oui, comme ça » à un Jules qui sembla ne pas en croire ses oreilles, et ne se fit pas prier pour poursuivre sa destruction en règle. Pour elle la douleur était toujours terrible, mais elle la surmontait pour caresser les promesses de ce qui l'attendait au-delà.

— Vas-y, défonce-moi... Mais défonce-moi je t'ai dit, c'est tout ce dont t'es capable ?

Piqué au vif, Jules se mit alors à pilonner Laurence, à un rythme si frénétique que la cyprine moussa sur ses lèvres comme des blancs d'œufs montés en neige. Elle poussa des cris de pure extase, traversée par le pieu du colosse, priant qu'il ressorte par sa bouche pour jouir et mourir dans le même élan.

— Encore putain de monstre ! Encore ! J'en aurai jamais assez !

Jules lui écrasait les épaules jusqu'à les faire craqueler, meuglant comme un buffle en rut. Laurence le sentit à l'aube d'un orgasme dont elle n'espérait qu'une chose : qu'il la remplisse à ras bord.

Mais soudain retentit dans la grange un bruit sec, suivi d'une courte résonance métallique. Laurence chuta aussitôt de toute la hauteur à laquelle Jules l'avait hissée et s'étala dans la poussière, une immense béance entre les cuisses. Il était étendu sur le dos, inanimé en dehors de son organe qui s'abaissait peu à peu tel un boudin d'air se dégonflant. Du sang s'écoulait en abondance de son crâne fracturé. Au-dessus de lui se tenait Pascal, tuyau de poêle à la main. Son visage trahissait une notable perplexité.

— J'ai rêvé ou bien tu... tu lui as demandé de te défoncer ?

— C'est pas ce que tu crois... C'était juste pour qu'il jouisse plus vite, pour qu'il me laisse tranquille. Je te jure que c'est pour ça...

— T'as raison, c'est stupide, fit-il après un instant. Pardonne-moi, pardonne-moi d'avoir pu penser ça...

Il l'aida à se redresser, ils tombèrent dans les bras l'un de l'autre.

— Comment t'as fait pour te libérer ?

— J'ai tué la Mère, répondit-il, non sans fierté dans la voix.

Il passa le bras de Laurence autour de son cou, et la soutint jusqu'à la porte de la grange. Nus et fracassés, ils s'engagèrent sur la petite route menant à la vallée, claudiquant vers la Liberté.

*

Jim creusait la terre comme un forçat. Harassé par la chaleur qui s'installait dans la pinède, la sueur ruisselait sur son visage en emportant avec elle quelques traînées de la crasse qui y sédimentait depuis des années. Le trou était terminé, et Simone prête à y être enfournée. Elle voisinerait une sépulture où fleurissaient de sémillants rhododendrons, dernière demeure d'une randonneuse dont Jim se souvenait avec émotion, tant elle s'était montrée vaillante durant son calvaire, qui avait duré plus de sept jours, et l'avait vue éprouver les plus perverses et les plus cruelles expérimentations des jumeaux diaboliques.

Il planta la pelle dans le sol, puis s'approcha de Simone. Même morte, sa pulpeuse nudité était loin de le laisser indifférent. Certes, il ne s'était jamais adonné à ce genre de pratique, cela ne l'avait même jamais vraiment tenté, mais Simone était sans aucun doute la fille la plus plantureuse qu'il avait jamais ramenée à la maison, et il se maudissait de l'avoir gâchée en buvant plus que de raison. Avec d'autres captifs, il avait vu comment les organes internes pourrissaient après la mort, et l'idée de la prendre par un orifice possiblement souillé le séduisait assez peu. Mais il se voyait toutefois bien agripper ses seins à pleines mains, les pétrir, les téter comme un assoiffé, puis glisser son sexe entre eux et les baiser si furieusement qu'il finirait par les asperger d'interminables jets de sperme, l'ultime coquetterie étant de les lui arracher de la poitrine et de les brandir sanguinolents au-dessus de son cadavre. Oui, cette idée-là lui paraissait réellement plus saine, et puis il n'y aurait de toute façon pas de veillée à cercueil ouvert pour la famille de Simone, avant qu'elle n'aille lentement infuser en terre, et vivre sa transcendance en engrais pour fleurs sauvages.

Il avait déjà dézippé son jean quand le cri lui parvint. Il provenait de la grange, il en était sûr, et il était bien trop puissant pour avoir été poussé par Laurence. Il avait une envie quasi désespérée de profaner la dépouille de Simone, mais c'était sûr, quelque chose ne tournait pas rond de l'autre côté de la maison. Il se rassura en se disant que la rigidité cadavérique, s'il revenait quelques minutes plus tard, donnerait peut-être encore plus de fermeté à la poitrine de la jeune femme. Il l'abandonna au bord du trou, et courut vers la grange.

*

Jules avait beau fouiller sa mémoire, limitée au demeurant, il ne se souvenait pas, de toute sa courte vie, avoir été gratifié d'une telle pipe. Il ne savait pas où il se trouvait, ni qui la lui prodiguait, tout lui semblait brumeux, dilaté, le temps, l'espace, mais la langue virtuose, ça il pouvait la sentir, seul élément précis de ce qui ne ressemblait pas à un rêve, mais plutôt à un étrange voyage. La muqueuse soyeuse ondoyait sur les pourtours de son membre, le flattait de vifs lapements et faisait couler sur son gland montgolfière une salive abondante.

Il ne comprenait pas. Il ne se rappelait pas ce qui s'était passé, juste un bruit d'os qui craque, un éclair de douleur et puis plus rien. Naviguait-il déjà dans les limbes ? Il sentait la Mort flotter autour de lui, comme s'il n'avait qu'à tendre la main pour la toucher. Mais, en même temps, la vigueur d'une langue inconnue le maintenait en vie, lui qui n'avait connu que celles blasées de vieilles prostituées flétries de la vallée.

Et puis peu à peu la pénombre floue parut s'éclaircir, comme lorsqu'il montait la luminosité de la vieille télé du salon, avant qu'une blancheur aveuglante n'emplisse l'écran. Il se crut arrivé sur le seuil, là où le vieux monsieur à barbe blanche vous disait dans quel secteur vous étiez affecté. Mais brutalement la lumière se morcela et s'affadit, vite remplacée dans ses yeux par la charpente du toit de la grange. La terrible douleur à l'arrière du crâne revint le frapper, et quand il passa sa main dessus, elle en revint aussi rouge que s'il l'avait trempée dans un seau de sang. Mais étrangement, la sensation au niveau de son bas-ventre n'avait pas cessé d'être agréable. Il redressa la tête.

Aucune femme ne s'affairait sur son sexe. Non, juste la paisible chèvre qui résidait dans la grange, offrant à sa virilité de langoureuses attentions. À nouveau, l'image que ses yeux imprimèrent mit un instant à rallier son cerveau, et quand le trajet fut accompli, un hurlement capable de réveiller la vallée tout entière retentit. La pauvre bête sursauta, terrorisée, et vit Jules se dresser d'un bond face à elle. Devenu plus bestial encore que sa tendre amie, il se rua sur elle et la lança de toutes ses forces contre la cloison, dont les planches explosèrent en dessinant la silhouette de l'infortuné caprin.

Jim apparut à la porte, et découvrit son frère pataugeant dans une mare de sang. Mais là n'était pas son inquiétude.

— Elle est où la pute ?

— Je... je sais pas, bredouilla Jules. Je me rappelle de rien...

Les mâchoires de Jim se contractèrent si fort que de véritables boules de muscle apparurent à l'angle de ses maxillaires. Des veines grosses comme des doigts battaient sur son front.

— Alors... tu l'as laissée se tirer ?

— Je suis désolé Jim...

Il eut une irrépressible envie d'enfoncer son poing au milieu du visage de son jumeau, terminant ainsi le travail commencé par Pascal. Mais au fond, il savait que cela n'aurait pas été tout à fait juste.

— C'est de ma faute tout ça. Ça serait pas arrivé si je m'étais pas gardé la négresse.

— Tu crois ? Tu crois que tout ça c'est de ta faute ?

— Non, c'est pas ce que j'ai dit abruti. Je veux juste dire que faire les trucs tout seul, c'est pas pour nous. Maintenant on fera toujours tout ensemble, comme avant.

Jules hocha la tête, ému aux larmes.

— Et le premier truc qu'on va faire ensemble, c'est retrouver la pute. Mais la Mère doit pas savoir ce qui se passe, compris ? lui intima-t-il en se dirigeant vers la porte, sans savoir à quel point il n'avait pas de souci à se faire.

Il ramassa un sac en toile de jute qui traînait dans la poussière, puis en déchira un long lambeau qu'il lança à son frère.

— Tiens, mets ça sur ta tête.

Jules enroula le morceau de tissu autour de son crâne, puis suivit son frère hors du garage. Là ils installèrent leurs lourdes carcasses dans le pick-up garé devant le chalet. Le moteur peina à démarrer, secoué de toussotements rauques, puis se mit à rugir comme une bête fauve. Avec quelques mois d'avance, la saison de la chasse venait d'être lancée.

*

Cette fois c'en était assez, et sa décision était prise. Elle avait trop vu de la folie des hommes et de son cortège d'horreurs, et son départ était désormais inéluctable. Tant pis pour le gîte à l'abri des aléas de la météo, tant pis pour le couvert à heures fixes. Place à l'aventure, et à l'excitante incertitude de l'avenir. Après avoir traversé comme une balle la cloison de la grange, la chèvre se remit sur ses pattes, chancelante comme après avoir croisé un bouc aux manières indélicates, puis entreprit de gravir les hauteurs de l'alpage avec pour ferme résolution de ne jamais plus retourner au chalet. Derrière celui-ci, elle traversa ainsi l'opulente végétation qui s'y épanouissait, et se laissa séduire par la verdure masticable de ce qu'elle ignorait être, dans ses profondeurs invisibles, un charnier en bonne et due forme.

Au bord du trou creusé par Jim était toujours étendu le corps de Simone, en équilibre si instable qu'un coup de vent semblait pouvoir l'y faire basculer. La chèvre s'en approcha timidement, puis flatta ses joues de quelques lapements, avec cette affection désintéressée qu'ont parfois les bêtes. Ses petits coups de museau suffirent à faire rouler la tête sans vie de la belle, tirant sur son cou, entraînant son épaule sur la terre sèche, et finissant par emporter son corps tout entier dans la sépulture fraîchement creusée. Son crâne heurta une grosse pierre qui saillait au fond, sans violence certes, mais assez fort pour la faire émerger enfin de sa noire torpeur.

Après que son esprit eut commandé à ses membres de se mouvoir, et que ceux-ci eurent tout bonnement refusé, son regard se posa sur les deux billes noires de la chèvre qui la fixait avec une perplexité au-delà de toute expression. Et puis, elle tâcha d'évaluer la situation. Elle était allongée dans ce qui avait tout l'air d'être une tombe, nue, sa peau sale couverte de plaies et d'ecchymoses, ses seins sillonnés de coupures. Surtout il y avait la douleur, comme si tout son corps lui criait à l'aide.

Elle cracha la terre sèche qui obstruait sa gorge, puis quelques maigres forces vinrent enfin innerver ses bras. Elle put poser une main faible sur la berge jusqu'alors inaccessible, et tenta de s'accrocher à quelque prise qu'elle trouvât. Ses jambes ne purent d'abord l'aider à s'y hisser, aussi molles que celles d'un poulain tout juste né. Elle glissa plusieurs fois au fond du trou, se découragea, perdit la foi. Mais elle finit par trouver son équilibre et, après avoir noirci ses ongles en grattant la terre, put se saisir d'une solide touffe d'herbe. Après un effort qui lui parut le plus immense de sa courte vie, elle réussit à s'extraire de la tombe qui lui avait été promise, rampa sur quelques mètres, éreintant ses seins sur le sol, puis parvint à se dresser en prenant appui sur l'arbre dans lequel Jules s'était la veille soulagé. Chaque pas titubant la rapprocha d'une renaissance que Jim, elle en fit le serment, allait durement regretter.

La seule force de sa volonté ne suffit malheureusement pas pour vaincre la nuit satanique qu'il lui avait infligée. Ses jambes redevinrent vite flageolantes, et elle chuta sur le tapis d'épines, tandis que les rayons d'un soleil brûlant perçaient entre les branches décharnées.

À bout de souffle, de force et de courage, Simone ne put retenir des larmes de rage autant que de tristesse, et cessa bientôt de bouger, résignée.

Le sol se mit à bruisser autour d'elle, sous le poids de pas de plus en plus proches. Elle aurait aimé que la Mort elle-même vienne la prendre doucement, mais c'était bien le battoir épais, rugueux et sale de Jim qui la saisirait par les cheveux, et la traînerait jusqu'à son ultime demeure.

Toutefois ce ne furent pas ses godillots qu'elle vit fondre sur elle, incrédule...

10

Couverte d'un peignoir en soie bleu nuit, un mug fumant à la main, Simone était si enfoncée dans le canapé qu'elle semblait vouloir y disparaître. Hortense et Clarisse étaient assises de part et d'autre, Matt et Tom installés sur des chaises qu'ils avaient approchées d'elle, tandis qu'un Stan nerveux allait et venait devant eux, toujours gêné au niveau postérieur de son bassin.

— Dis-nous ce qu'ils t'ont fait Simone. Faut que je sache, sinon je vais passer le reste de ma vie à imaginer les pires horreurs, et je vais pas pouvoir vivre avec ça...

— Stan, tu crois vraiment que c'est la chose la plus urgente ? Lui faire revivre son calvaire ?

La question de Clarisse était légitime. Simone restait silencieuse, amorphe, les yeux noyés dans la surface noire de son café. Seuls les soulèvements irréguliers de sa poitrine montraient qu'un peu de vie subsistait en elle.

— Je suis désolé, pardonne-moi, se repentit Stan en s'avançant vers elle. J'aurais jamais dû te laisser tomber cette nuit, ce qui t'est arrivé, c'est... c'est de ma faute.

Un silence embarrassé suivit ses paroles. Il paraissait chercher du coin de l'œil un peu de soutien dans l'assemblée.

— T'attends quoi ? demanda Tom. Qu'on te dise « mais non, tu y es pour rien, tu pouvais pas savoir » ? Parce que je me souviens vaguement t'avoir mis en garde cette nuit, alors si tu veux mon avis…

— Je me fous de ton putain d'avis ! beugla Stan en l'attrapant par le col, prêt à le soulever de terre.

— Mais vous allez arrêter tous les deux ? On n'a pas besoin de ça ! s'agaça à nouveau Clarisse.

— On va les retrouver, et on va les tuer, voilà ce qu'on va faire, fit Stan en relâchant Tom, avant de se remettre à arpenter la cabane.

— Tu… tu veux pas t'asseoir ? murmura Simone d'un mince filet de voix, ses premiers mots depuis de longues minutes. Tu m'épuises à… bouger comme ça.

— Je vais arrêter de bouger ma chérie, je te le promets, mais… je ne vais pas m'asseoir, répondit-il, mal à l'aise.

— Pourquoi ? demanda-t-elle ingénument.

— Parce que je… je… je réfléchis mieux comme ça.

— Merde, qu'est-ce que ça doit être quand t'es assis, fit Tom.

Stan attrapa le double gode dans la cheminée et le lança de toutes ses forces sur son ami, qui esquiva le projectile *in extremis*.

— Il faut qu'on redescende tout de suite dans la vallée, dit Matt. Pour que Simone se fasse soigner, et pour prévenir les autorités qu'une famille de psychopathes habite dans cette putain de forêt.

Tout le monde s'accorda sur la clairvoyance de la proposition. On aida Simone à se redresser puis à marcher vers le van, puis quand la bande y fut installée, Stan tenta de mettre le contact. Le moteur hennit longuement, tel un cheval au bout de sa vie, mais jamais ne voulut démarrer. Dans l'habitacle, des regards préoccupés furent échangés, diffusés comme une vapeur contaminante. Stan bondit hors du véhicule et se dirigea vers l'arrière, là où était localisé ce moteur qui lui avait déjà donné du fil à retordre. Comme Simone avait pu le constater avant d'être assommée par Jim, le capot était mal refermé. Il le souleva avec crainte, et découvrit que tous les fils avaient été arrachés. Le coup de pied furieux qu'il balança contre la tôle le fit hurler de douleur. Tout le monde descendit, à l'exception de Simone.

— On est baisés. Ils ont saboté le moteur.

— La route est en descente jusqu'en bas. On n'a qu'à se lancer, et se contenter d'utiliser les freins, suggéra Clarisse.

— Si t'avais passé moins de temps à peloter ma copine pendant le voyage, t'aurais remarqué qu'il y avait un passage en descente à l'aller. Et même en poussant tous ensemble, on pourra jamais le remonter.

Clarisse s'assit dans la poussière, désemparée. Hortense chercha autour d'elle une inspiration qui jamais ne vint, tandis que Tom et Matt se regardaient en chiens de faïence.

— Simone, y a un téléphone ici ? demanda Clarisse.

Son amie fit non de la tête, très faible.

— Attendez... dit Stan. Ils ont une voiture, les psychopathes ?

— Oui, répondit Tom, ils ont un genre de pick-up, mais qu'est-ce...

Stan marcha vers la cabane d'un pas que d'aucuns auraient qualifié de déterminé, et en revint armé du fusil qui trônait au-dessus de la cheminée.

— Au cas où vous vous poseriez la question, j'ai vérifié... Il est chargé, dit-il avant de se diriger vers le sous-bois.

*

Si l'entrejambe de Laurence avait retrouvé forme humaine, la randonneuse ressentait plus que jamais la faille que Jules avait ouverte en elle, et devait se cramponner au cou de Pascal pour ne pas s'effondrer, celui-ci formant avec elle un même corps clopinant sur l'étroite route, un corps aux sexes nus dont les pieds se brûlaient et s'écorchaient sur le goudron surchauffé.

Ils étaient loin d'être tirés d'affaire, mais un peu plus tôt, au détour d'un lacet, ils avaient pu apercevoir en contrebas la station-service au pied de la montagne. Une fois là-bas nous serons sauvés, avaient-ils pensé de concert, puisqu'à bout de forces, ils n'avaient pas échangé un mot depuis qu'ils s'étaient enfuis. Alors quand Laurence prit la parole, Pascal se dit que cela devait être plutôt important.

— Pascal... faut que je te pose une question. Qu'est-ce qu'ils t'ont fait dans cette cave ?

— Je préférerais pas en parler tout de suite, si ça te dérange pas. D'ailleurs je crois que je vais engraisser un paquet de psys avant de pouvoir raconter ce qui s'est passé... Tout ce que tu dois savoir, c'est que je m'en suis sorti vivant, et que ce cauchemar est derrière nous.

— Oui, je sais mais... Y a quelque chose que je comprends pas.

— Mais quoi mon amour ?

— Regarde-nous. On pue la mort, on est en loques, pleins de crasse, et pourtant... Enfin, regarde ta queue merde !

Elle l'obligea à s'arrêter au milieu de la route, afin qu'il daigne baisser les yeux sur son sexe pendouillant.

— Elle est... immaculée ! J'ai même l'impression que... mais oui putain, elle sent le savon ! s'exclama-t-elle complètement incrédule. Alors Pascal, je te le demande encore, qu'est-ce qui s'est passé dans cette foutue cave ?

La réponse était fort simple. Il avait été enchaîné à un mur, une adolescente débile légère lui avait soigneusement lavé le sexe, l'avait branlé, sucé, puis avait recueilli au fond de sa gorge quelques généreuses giclées de sperme. Pascal hésita à juste titre à fournir cette explication.

Alors qu'il s'apprêtait à lui servir un bobard circonstancié, un grondement prit naissance dans les hauteurs de la pinède, puis se précisa peu à peu, de plus en plus proche, jusqu'à ce que le doute ne soit plus permis. Le pick-up vrombissant des jumeaux maléfiques dévalait la colline à tombeau ouvert.

*

— Stan, faut pas qu'on se précipite... Une fois qu'on sera là-bas tu vas faire quoi au juste ?

Tom s'essoufflait à suivre le pas de « l'homme au fusil » au cœur de la pinède, tendu vers l'endroit où le chalet de la famille avait poussé telle une tumeur. Clarisse et Matt fermaient la marche, Hortense étant restée à la cabane pour veiller sur Simone.

— Je vais faire quoi ? Je vais leur demander les clés du pick-up, ils vont sagement me les donner, on va tous monter à bord, rentrer à la maison, et plus jamais foutre les pieds dans cette putain de vallée. Est-ce que ça te semble raisonnable ?

— Et s'ils veulent pas te donner les clés ?

— Je leur tirerai dessus, qu'est-ce que tu dis de ça ?

— Stan... J'ai vu ces types. Ils sont cliniquement cinglés. Et t'as vu ce qu'ils ont fait à Simone.

— C'est pour ça que j'aurai aucun problème à leur mettre une balle dans le crâne.

— Rappelle-moi, t'as déjà tiré sur quelqu'un ?

— Tom, quand je te regarde, je me dis que j'ai jamais été aussi près de le faire, je t'assure.

— Et tu vas leur tirer dessus avec juste... ce vieux fusil ?

— Quoi, ils sont à l'épreuve des balles ?

— Stan, c'est pas toi qui parles, c'est le héros que t'essaies d'être pour effacer ta culpabilité, dit Clarisse. Et c'est pas bon pour prendre les bonnes décisions.

— Peut-être que vous avez raison. Mais vous avez une meilleure idée pour qu'on sorte de cette merde ? Je vous écoute.

Stan s'arrêta à l'orée de la clairière et s'abrita derrière un pin, Tom se cachant derrière lui tandis que le couple se dissimulait derrière un tronc voisin. Son regard balaya l'anarchique propriété, sa ferraille, ses ordures amoncelées, sa grange délabrée. Le pick-up n'était plus là, ce qui parut presque soulager Tom.

— Ils ont pas l'air d'être là. On devrait retourner à...

— Tu vas nulle part ! Clarisse, Matt, restez ici. Si vous sentez que les choses tournent mal, retournez à la cabane.

Stan fit dévaler à Tom un petit talus de terre sèche, avant de lui emboîter le pas. Alors qu'ils avançaient vers la maison à pas prudents, quelques poules déplumées flânaient paisiblement à leurs côtés.

— C'est une mauvaise idée Stan, tellement mauvaise.

— On le fait pas pour nous, sale petit égoïste, on le fait pour sauver Simone, tu te souv...

Stan étouffa un cri, ses orteils ayant heurté l'une des pièces de moteur acérées disséminées sur leur chemin. Tom leva les yeux vers l'étage de la maison. L'image de Marie postée à sa fenêtre, pleine de grâce, lui faisant l'aumône de sa poitrine divine, lui revint avec une telle force qu'il crut entendre des chants grégoriens. Sa douleur calmée, Stan lui mit une bourrade dans le dos qui le fit revenir à la réalité, et ils atteignirent le seuil de la maison. Tandis que Tom restait en retrait, Stan constata l'évidence : la porte était grande ouverte. Il choisit de la pousser, malgré les mises en garde affolées de son camarade, qui se mit vite dans son sillage protecteur.

Ils progressaient à pas prudents, guettant le moindre bruit suspect, le moindre mouvement. Mais la maison semblait calme et silencieuse. Dans la cuisine, le petit déjeuner avait été abandonné dans l'urgence.

— Je crois bien qu'ils sont partis, dit Tom.

— Alors on va les attendre ici, enchaîna aussitôt Stan. Et faire ce qu'on a à faire.

Il posa les yeux sur une porte entrouverte un peu plus loin dans le couloir. Elle donnait sur l'escalier menant à la cave.

— Peut-être qu'ils planquent des armes en bas. Allons vérifier.

— Je... je crois que je... que je vais aller voir là-haut, proposa Tom, masquant mal un certain embarras.

— Là-haut ? Pourquoi ?

— Juste... pour voir s'il n'y a personne.

— T'es sûr ? Tu veux pas que je vienne avec toi ?

— Non, t'en fais pas. Si j'ai un problème, je crierai juste très fort.

— Je t'ai mal jugé Tom. T'es moins lâche que je croyais.

Il se dirigea ainsi vers les marches qui montaient à l'étage, sous le regard d'un Stan admiratif de sa bravoure. Ce dernier revint toutefois vite à son sujet, et s'approcha de la porte de la cave, son visage se barrant peu à peu d'un rictus écœuré devant l'odeur nauséabonde qui s'en élevait. Une main sur le fusil, l'autre sur le nez, il descendit dans l'antre infernal.

Ce ne fut pas simplement la vision qui lui parut tout droit sortie d'un cauchemar, qui plus est de sociopathe. Figé au bas de l'escalier, Stan eut l'impression que tous ses sens étaient en état de siège, comme empoisonnés par cette cave. Les émanations répugnantes s'incrustaient dans ses vêtements, imprégnaient sa peau, s'immisçaient dans sa bouche, ses poumons, tandis que les images des chaînes au mur, des ustensiles de torture, des chairs et du sang sur le sol imprimaient ses rétines, les unes après les autres. Tant pis pour les armes. Il fallait qu'il fuie ce cloaque au plus vite.

Mais il y avait cette table de métal. Il s'en était vite détourné, ne voulant imaginer que Simone ait pu y subir son intolérable calvaire. Toutefois son cerveau avait enregistré un détail, qu'il s'était empressé de loger dans un repli de son inconscient, comme s'il refusait de l'avoir vu. Mais quand il revint vers la lourde plaque, aimanté irrésistiblement, il ne put nier la réalité plus longtemps. Il y avait la tête d'une vieille dame encastrée dans un coin, plantée en profondeur pile entre les deux yeux.

*

Tom gravit l'escalier cramponné à la rambarde branlante, sur le qui-vive, et un étroit couloir s'offrit à lui. Selon ses calculs, la chambre de Marie ne pouvait se trouver que derrière la deuxième porte sur sa droite, peinte d'un vert sombre. Quand il fit son premier pas sur le parquet, dont le vieux bois grinçant laissait craindre à tout instant que le sol ne s'ouvre sous lui, il était si nerveux qu'il pouvait sentir sa jugulaire battre une mesure syncopée, façon concert de free-jazz. Un bruit faible rompit soudain le silence, et il se jeta derrière un meuble, effrayé. C'était une plainte étouffée, qui semblait provenir de... derrière la porte verte.

Il se redressa, saisit un chandelier couvert de cire qu'il brandit au-dessus de sa tête, puis marcha lentement vers la porte. Les gémissements se précisèrent, de plus en plus puissants, avant de soudain cesser. Il posa une main moite et fébrile sur la poignée, l'autre crispée sur son arme de fortune, et tenta d'ouvrir. La porte ne bougea pas, verrouillée. Il réessaya, força sur le pommeau, mais en vain. Les gémissements redoublèrent, doublés de bruits évoquant les montants d'un lit secoué de part en part.

Tom abandonna son chandelier qui, en cas de rencontre fortuite avec les jumeaux, lui aurait de toute façon été inutile, à moins de parvenir par miracle à le planter dans le fondement de l'un ou de l'autre, puis prit un pas d'élan et, pour la première fois de son existence, envisagea sérieusement d'enfoncer une porte à la force de l'épaule. Toutefois sa conviction fut insuffisante, et le battant trembla à peine sur ses gonds. Il tenta à nouveau sa chance, donnant plus de vitesse et de poids à sa charge. Le choc fut violent, au point qu'il crut s'être démis l'articulation, mais si le verrou donna enfin des signes de faiblesse, il ne voulut pas céder. Derrière la porte retentirent ce qu'il perçut comme des supplications. Une dernière fois, il rassembla ses forces, ferma les yeux et se jeta contre le morceau de bois pivotant.

Quand il les rouvrit après que le verrou eut volé en éclats, il fut certes soulagé de constater qu'il ne s'était pas trompé de porte, mais aussi pour le moins décontenancé. L'innocente Marie était étendue en étoile sur son lit, poignets et chevilles attachés par des cordes aux montants, bâillonnée par un bas en laine, et vêtue d'une robe rose et satinée aux épaules bouffantes.

En contrechamp, Marie était stupéfaite. Il était là, devant elle, lamentablement étendu sur le sol, son sauveur, le prince charmant qui allait l'arracher à cette maison de malheur. Elle voulut lui crier son amour et sa gratitude éternels, mais elle en fut empêchée par son bâillon trempé de salive, et ses mots demeurèrent à l'état de grognement animal.

Tom se leva et s'approcha timidement du lit, incrédule face à ce corps juvénile prisonnier et réduit au silence. Les yeux immenses de Marie s'ouvrirent, l'implorant de la libérer des cordes qui lui lacéraient les jointures jusqu'au sang. Mais Tom y resta étrangement indifférent, son regard passant de l'une à l'autre des rugueuses entraves, comme pour s'assurer de leur réalité, avant d'aller se poser sur sa cheville droite. Là, il remonta avec langueur le long de sa jambe si blanche, légèrement duveteuse, fit escale sur la peau brunie et plus épaisse de son genou, glissa avec onctuosité sur sa cuisse fine et galbée, puis disparut sous le volant de sa robe, qui recelait en son ombre mystérieuse un trésor dont Tom, dans la touffeur de son slip, pressentit aussitôt l'inestimable valeur.

*

— Clarisse, ça fait plus de cinq minutes qu'ils sont dans le chalet.

— Et ça fait plus de cinq minutes que rien ne se passe. Est-ce que c'est bon ou mauvais signe d'après toi ?

À demi caché derrière un large pin, le couple observait la clairière, tout juste animée par les allées et venues des poules caquetantes.

— Soit ils sont tombés sur un de ces cinglés, soit ils trouvent rien. Dans les deux cas, ça nous rapproche pas de la vallée... Peut-être qu'on devrait aller voir ce qui se passe.

— Je ne vais nulle part. Et puis t'as entendu Stan. On doit rester là au cas où quelque chose se passerait.

Clarisse avait la poitrine posée sur l'écorce craquelée, légèrement inclinée, arquant la chute de ses reins sans même réaliser la décence relative de sa posture. Juste derrière elle, Matt pouvait imaginer sous sa robe à fleurs la coulée de sa colonne vertébrale, qui se creusait jusqu'à ses petites fesses bombées. Ne résistant pas à l'offrande, il vint se coller à elle en posant les mains sur ses hanches, son sexe enflant dans le creux de sa raie, puis se mit à mimer des va-et-vient lents et appuyés.

— Arrête Matt. C'est vraiment ni le moment, ni le lieu.

— Je sais. C'est exactement pour ça que je le fais.

Matt s'accroupit derrière elle, visage à hauteur de ses fesses qu'il dévoila d'un revers de main, le volant retombant avec grâce sur ses reins. Le string noir de Clarisse dessinait deux globes voluptueux qu'il saisit à pleines mains, les malaxant, les malmenant avant de les écarter pour faire apparaître le prometteur sillon. Elle se laissa faire en silence, la résignation amusée, avant de sentir les doigts de Matt glisser sous la minuscule étoffe, qu'il tira sur le côté jusqu'à mi-fesse. Ses lèvres charnues reçurent la visite d'une langue d'abord polie et caressante, puis plus joueuse, et intrusive. Elle accentua sa cambrure, et Matt s'immisça plus profondément à chaque coup de langue. La main dans les cheveux de son homme, elle s'adressa toutefois à lui pour évoquer un sujet tout autre que celui qui les occupait présentement.

— Matt, je vois un truc dans la décharge de ferraille.

— Quel... quel genre de truc ? parvint-il difficilement à articuler.

— Je crois que c'est une mobylette.

— Hum... Quel genre de mobylette ?

Clarisse tira vivement sur les cheveux de Matt, retirant son visage de ses fesses.

— Le genre avec deux roues et un moteur, idiot.

Elle se redressa et réajusta sa robe, avant de faire un premier pas vers la clairière. Mais Matt resta accroupi, déconcerté.

— Je croyais qu'on devait rester là, au cas où quelque chose...

— Si ce morceau de ferraille fonctionne, on pourra se tirer d'ici, et fuir cette foutue famille de psychopathes... Je veux dire, on pourra aller chercher des secours pour Simone, se reprit-elle.

Elle prit Matt par la main et l'entraîna dans la clairière, jusqu'à l'endroit où s'entassaient les débris métalliques récupérés par les frères dans les décharges de la région. Une mobylette gisait bien sur le sol, couchée sur le côté. Des outils variés étaient posés autour, comme si elle venait d'être victime d'une tentative de réparation. Quand il vit l'engin, Matt sut tout de suite à quoi ils avaient affaire.

— C'est une MBK 51 New West. Elle un a guidon « cornes de vache », et des repose-pieds sous le réservoir. Avec la selle deux étages, ça te permet d'avoir une conduite façon chopper sur une mobylette de 49,9 centimètres cubes. J'adore cette bécane, j'en avais une chez mes parents avant que mon frère se plante avec.

— Super. Maintenant fais-la rouler, mon amour.

*

Le rugissement du pick-up était maintenant tout proche. Pascal et Laurence restaient pourtant au beau milieu de la route, comme si leurs pieds nus s'étaient englués dans le goudron fondu par le soleil écrasant, tant paralysés par la peur que terriblement las des horreurs infligées par cette satanée famille. La route formait plus bas un lacet serré, qui entourait une portion de forêt dense et ombragée. Pascal prit Laurence par la taille et l'entraîna à l'abri de la pinède, où ils s'étendirent sur la pente tapissée d'épines. Pascal contint ses cris, mais Laurence parut ne rien ressentir, comme si son corps était devenu insensible à la douleur.

Le pick-up arriva en trombe aux prémices du lacet, en surplomb du couple trop effrayé pour regarder. Il les dépassa, entama le virage à 180 degrés sans presque ralentir. Jim fit déraper le véhicule dans un crissement, boucla la boucle, puis remit un coup d'accélérateur en sortie de virage. Le pick-up roulait désormais vers le point de la route à l'exact contrebas du couple. Au-delà de celui-ci, ils pourraient de façon raisonnable se considérer comme sauvés, du moins pour un temps. Le véhicule s'en rapprochait inéluctablement, et ils osaient à peine le croire.

Mais avant même d'avoir pu caresser un cheveu de soulagement, ils entendirent le pick-up freiner dans une stridence assourdissante, avant de s'immobiliser sur la route, une vingtaine de mètres plus bas. Pascal serra Laurence contre lui, si fort qu'elle dut le repousser pour ne pas suffoquer. Il fut surpris de constater qu'une discrète érection prenait naissance entre ses jambes. Comme s'il avait senti que c'était peut-être la dernière de son existence, son sexe allongé et durci remonta jusqu'à se caler dans l'entrecuisse de Laurence. Pascal sentit quelque chose. Quelque chose... d'anormal. Une substance. Un liquide. Il se dégagea et vit que les cuisses de Laurence étaient barbouillées d'un rouge sombre, tandis qu'un sang poisseux s'écoulait paisiblement de son sexe. Anesthésiée par les assauts de Jules, la malheureuse n'avait pas senti l'hémorragie qui s'était déclenchée dans ses entrailles.

Jim fit une courte marche arrière, puis engouffra le pick-up dans le sous-bois, là où menaient les traînées de sang laissées par Laurence. À fond de première, il fit barrir le véhicule brinquebalant au gré des dépressions de la pente, slalomant entre les pins. Pascal se redressa et arracha Laurence du sol, l'entraînant dans une fuite désespérée et pathétique. Le pick-up hurlant se cognait aux troncs en travers de son chemin, rebondissant contre eux telle une boule de flipper.

Le couple émergea de la pinède, frappé par le soleil de plomb. Revenus au milieu de la route, ils étaient pris au piège, le furieux monstre métallique prêt à les dévorer. Pascal soutenait mal une Laurence inconsciente dans ses bras. Sentir le souffle chaud de la Mort redonna une vigueur étonnante à son érection.

Quand le pick-up jaillit de la forêt, d'aveuglants rayons de soleil se reflétèrent sur le pare-buffle. La rencontre entre l'acier chromé et les chairs du couple ne fut pas des plus tendre, pour manier l'art de la litote, avant que Jim, pour être certain de faire comprendre son point de vue, ne roule et ne roule encore sur les corps. Son jumeau et lui descendirent ensuite du pick-up, les chargèrent dans la benne comme de vulgaires chiens écrasés, puis les couvrirent d'un pudique linceul, fait de toile de jute maculée d'huile de moteur.

*

Mais qu'est-ce qu'il attend mon prince ? se demandait Marie en bavant dans son bâillon, voyant que Tom ne semblait toujours pas disposé à le lui retirer, ni à chercher un quelconque objet pour trancher ses liens. Non, au lieu de cela il restait absorbé par le liseré de sa robe, et songeait aux merveilles que le tissu finement brodé dissimulait à son regard. Et puis tout à coup, comme mû par une pulsion trop longtemps contenue, il saisit la cheville de Marie, l'enserra durant un instant puis fit suivre à sa paume, lentement, le chemin qu'avaient plus tôt pris ses yeux en parcourant sa jambe. La jeune fille se raidit à mesure que la main poursuivait son ascension, mais elle ne lutta pas. Alors qu'ils ondoyaient sur la face intérieure de ses cuisses, Tom découvrait toute l'acuité sensorielle dont ses doigts étaient capables, lui faisant penser à la façon dont une langue pouvait goûter sur son extrémité chaque nuance sucrée d'un dessert exquis.

Quand il laissa sa main s'engouffrer sous la robe tel un serpent, Marie se mit à gigoter du bassin, gémissant avec appréhension, et il parut reprendre ses esprits. Tandis que ses phalanges n'étaient plus qu'à un souffle du but, sa verge était en train de jaillir de son short, en défaisant le bouton par sa puissance érectile. Il retira prestement sa main et s'éloigna du lit, évitant le regard plein d'incompréhension de Marie pour s'intéresser enfin aux contours de la chambre. Il délaissa bien vite l'inquiétante collection de poupées, mais remarqua sur le bureau les immenses ciseaux dont elle se servait pour la confection de ses robes.

Elle le vit revenir, soulagée mais méfiante, puis les approcher de la corde enserrant sa cheville. Elle ferma les yeux quand il ouvrit en grand la gueule de métal, guettant un premier pas vers la délivrance. Lorsqu'elle entendit la stridence grinçante, elle soupira dans son bâillon, puis rouvrit les yeux et tenta de bouger sa jambe ankylosée. En pure perte. Tom avait refermé les ciseaux dans le vide, incapable de la libérer, comme lui-même n'arrivait pas à se délivrer de la prison de son érection éruptive. Il se sentait peu à peu devenir quelqu'un d'autre, dans cette forêt, cette maison, avec cette famille, après la nuit que la bande avait passé à la cabane, et ce que Simone avait enduré... Alors, il abandonna les fines chevilles meurtries de Marie, et agrippa d'une main ferme sa robe. Il inséra l'étoffe au creux des ciseaux et la découpa avec minutie.

— Ne bouge pas, je pourrais te blesser, dit-il d'une voix douce à Marie, qui répondit par un grognement épouvanté.

Quand les ciseaux eurent atteint la ligne de sa taille, Tom fit une halte, et les posa sur le lit. Fébrile, le souffle court, il prit les deux pans découpés et les ouvrit avec délicatesse, comme les rideaux rouges d'une scène. Le spectacle qu'on y donnait le stupéfia. La toison de Marie s'étalait en toute liberté sur son bas-ventre, aussi vaste que dense, mais surtout ses boucles étaient d'une rousseur sublime, dont la profondeur lui évoqua les teintes les plus inoubliables de l'automne. Il ne put s'empêcher de la caresser de la paume, frémissant de plaisir. L'odeur de son entrejambe était puissante, chargée de sueur et autres sécrétions salées. Marie fit à nouveau onduler son bassin en gémissant. Était-elle apeurée, ou excitée ? Tom n'arrivait pas à se décider. Il reprit les ciseaux et continua d'éventrer consciencieusement la robe, jusqu'à atteindre la collerette bouffante qui couronnait son décolleté.

Sa peau, aveuglante de blancheur, était constellée de délicieuses taches de rousseur, comme autant de petits caramels qu'il eut envie de ramasser du bout de la langue, mais surtout ses seins, qui selon son œil expert, lui le fétichiste des soutiens-gorge, devaient lui faire porter du 90 C, même si le concept de soutien-gorge lui était étranger, pointaient fièrement malgré sa position allongée vers le plafond, sans s'affaisser d'un millimètre, et étaient ponctués de tétons charnus, dont l'érection invitait aux succions les plus savoureuses. Et c'est ce à quoi il s'adonna, honorant ces seins divins, les embrassant, les titillant de la langue, les aspirant en mettant entre ses joues autant de chair qu'il fut possible.

Ne tenant plus il monta sur le lit, se mit à genoux entre les deux jambes écartées de Marie et fit tomber son short. Quand il referma les doigts sur la hampe, il crut n'avoir jamais été aussi dur, au point de se dire qu'une famille entière aurait pu s'y asseoir sans même la faire plier, même si l'image le déconcentra un instant. Puis il se pencha au-dessus d'elle, posant une main sur le lit près de son sein droit, et crachant dans l'autre pour enduire de salive le bout de son sexe, qu'il approcha de l'entrejambe doré et de son authentique parfum de fille des bois. Quand la fine peau du gland entra en contact avec les pétales de la vulve, un spasme frissonnant le parcourut de part en part.

Marie bascula la tête en arrière et se cambra dans le même mouvement, poussant un cri étouffé par son bâillon, comme si un démon venait soudain de la posséder.

Tom plongea en elle, pas à pas. Marie était moins serrée qu'il ne l'aurait cru, et surtout elle était trempée, et bouillante. C'est déjà la meilleure baise de ma vie, se dit-il, même si compte tenu de son vécu la précision était d'une utilité relative. Il la pénétra d'un seul et lent coup de reins, jusqu'à faire disparaître son sexe gorgé, qu'il maintint en elle durant un long moment.

Ce n'est que lorsqu'il se retira, prêt à retourner dans ce jardin des délices, qu'il sentit que quelque chose clochait. Il baissa les yeux sur sa verge, qui était couverte de sang. La nouvelle le remplit aussitôt de joie. Tout cela était presque trop beau pour être vrai. Il venait de conquérir en seigneur la virginité de cette improbable déesse forestière, d'un seul coup de queue. Si cela était possible, il s'en trouva plus excité encore, et pour la remercier de son présent, il se donna pour mission de lui faire connaître l'orgasme dans le même élan, quels que soient les efforts et le temps nécessaires. Il s'enfonça de nouveau entre ses lèvres huileuses, et les reins de Marie se creusèrent en un demi-cercle idéal.

Tom tint deux allers-retours. Il sut qu'il allait jouir dès le premier, et très vite ses muscles se tétanisèrent comme s'il venait de toucher un câble à haute tension. Il fut incapable de retenir un véritable geyser de sperme, qui vint inonder Marie dans ses profondeurs les plus intimes. Il y expédia quelques dernières volutes, mains crispées sur le drap de satin, poussant des borborygmes proches des glossolalies des évangélisés touchés par la grâce, avant de s'effondrer tel une carcasse exsangue sur Marie, sa respiration lourde et chaude à l'oreille de la jeune fille.

Quand il roula sur le côté, Marie regardait la charpente rongée au-dessus d'elle, immobile, de lourdes inspirations soulevant sa poitrine à intervalles réguliers. Il pouvait voir ses yeux errer dans le vague, pupilles dilatées. Il posa la main sur le bâillon.

— Ne crie pas, s'il te plaît.

Marie ne bougea pas, ni n'émit le moindre son, extatique. Tom retira le collant qui obstruait sa bouche, et le posa sur son cou. Ses lèvres restèrent un long instant ouvertes en un sourire béat, avant qu'elle ne se tourne enfin vers lui.

— Je t'ai attendu toute ma vie, ô mon beau prince, dit-elle d'une voix de miel, des paillettes dorées lui sortant presque de la bouche.

— Je… je te demande pardon ?

— T'es venu me délivrer, c'est pour ça que t'es là hein ? demanda-t-elle encore, si remplie d'espoir.

— Je… Oui, bien sûr… Pardon, où avais-je la tête…

Tom ramassa les ciseaux et entreprit de couper une à une les cordes, à un rythme toutefois prudent.

— Comment tu t'appelles, mon beau prince ?

— Je… je m'appelle Tom. Mais j'ai peur qu'il y ait erreur sur la…

— Tom… fit-elle, rêveuse. Et moi je m'appelle Marie.

— Enchanté… Alors tu… tu n'es pas en colère contre moi Marie ?

— Pourquoi je serais en colère contre toi ?

— Je veux dire, à cause de ce qui vient de se passer.

— Et c'est quoi qui s'est passé ?

— Eh bien… Enfin, je t'ai… en quelque sorte… violée quoi.

— C'est quoi violée ?

— Tu te moques de moi ?

— C'est comme la couleur violet ?

— Non pas du tout… Violer c'est… c'est quand… quand on fait l'amour à quelqu'un sans lui demander s'il est d'accord.

— Et c'est mal ?

— Absolument pas, répondit-il en retrouvant un aplomb étonnant.

Il ne restait plus qu'une corde à couper, celle qui liait le poignet droit de Marie. De sa main gauche, elle se mit à fouiller entre ses cuisses. Quand elle la retira, des filaments de sperme mêlés de sang s'étiraient entre ses doigts. Elle regarda Tom avec inquiétude.

— Tom, qu'est-ce que ça veut dire ?

Marie était secouée, il en avait maintenant la certitude, et hésitait donc à rompre le dernier lien. Mais il n'arrivait pas à croire que cette créature puisse être un danger pour lui, malgré la lignée de dégénérés certifiés qui lui tenait lieu de famille. Il fit claquer les ciseaux. Aussitôt elle referma bras et jambes sur lui, le serrant à l'en étouffer. Il comprit vite qu'il n'y avait toutefois aucune méchanceté là-dedans. La fille était juste folle et heureuse.

— Mon prince... Je veux que tu m'emmènes loin d'ici, et vivre avec toi pour toujours !

Entendant cela, Tom regretta déjà de l'avoir libérée. Le remords fut toutefois de courte durée, son sexe coincé entre les cuisses de Marie enflant en effet dangereusement, quelques minutes à peine après l'avoir ensemencée. Il se libéra de l'étreinte, puis enjamba la belle et la chevaucha sur le ventre, son sexe dressé prêt pour une descente en piqué entre ses seins avant de planer jusqu'au gouffre de sa bouche.

Il fut soudain décontenancé par le visage de Marie, qui semblait regarder quelque chose derrière lui. Il se retourna et vit Stan planté sur le seuil de la chambre, avec dans les yeux cette sidération d'ordinaire liée aux voyages dans des dimensions parallèles.

— Combien de temps je suis resté en bas putain ? se demanda-t-il à voix haute, cherchant en vain une raison logique à ce qu'il voyait.

Avant que Tom n'ait pu bredouiller le moindre mot, on entendit au-dehors un moteur se mettre à pétarader. Stan courut vers la fenêtre, et vit Matt et Clarisse au milieu de la ferraille, lui au guidon d'une vieille mobylette, elle lovée contre lui, les bras autour de sa taille. Le deux-roues démarra en crachant derrière lui une épaisse fumée noire, et se lança en rugissant sur le chemin qui menait à l'inaccessible vallée.

*

— Le moteur a des ratés et le pot est encrassé, mais ça devrait tenir jusqu'en bas !

Tandis que l'air surchauffé lui fouettait le visage, Matt dut presque crier pour couvrir le raffut du motocycle et être entendu de Clarisse, qui se serra contre lui jambes écartées. Les longues tiges métalliques du guidon lui faisaient lever les mains au-dessus de sa tête, mais il manœuvrait plutôt bien la machine, qui franchit en douceur le premier lacet sur sa route.

Bientôt ils atteignirent le point qu'avaient passé plus tôt Pascal et Laurence, d'où l'on pouvait apercevoir, si proche et si lointaine à la fois, la station-service au pied de la montagne. Toutefois Matt ne pouvait s'empêcher de penser à ce que Simone avait raconté sur l'accueil qui lui avait été fait là-bas. Et s'ils refusaient de les aider ? Et s'ils étaient de mèche avec la famille des fous ? Il avait vu des films d'horreur, et le moins que l'on puisse dire, c'est que dans une contrée hostile comme celle-ci, il ne fallait pas se fier aux petits commerçants locaux.

La litanie des virages se poursuivait, lancinante, mais Matt restait concentré sur ses trajectoires, les bras de Clarisse serrés autour de sa taille. À la sortie d'un énième lacet, identique au précédent, il nota bien que quelque chose de nouveau se profilait sur leur chemin, mais il ne freina pas tout de suite, comme si son cerveau en niait la réalité.

— Matt ! Arrête-toi ! hurla Clarisse en plantant ses ongles dans son bas-ventre.

Il pressa le levier de frein de toutes ses forces et la mobylette dérapa sur plusieurs mètres, avant d'être ralentie par une plaque de goudron fondu. Le pick-up était arrêté un peu plus bas, en travers de la route. Juchés sur la remorque, les jumeaux étaient en train de manipuler ce qui restait des individus anciennement connus sous le nom de Pascal et de Laurence. Si Matt et Clarisse ne distinguèrent pas les dépouilles des malheureux, ils ne purent rater les flaques de sang qui maculaient la chaussée et menaient aux pneus de la camionnette. Une peur à l'état pur contamina leurs corps entiers, soudain fébriles et flageolants.

En les voyant les jumeaux se figèrent, perplexes. Et quand Matt tira soudain sur la poignée d'accélération, ils eurent du mal à raisonner avec une parfaite lucidité, même si on ne l'attendait aucunement de Jules. Au moment où le deux-roues allait tenter de se faufiler dans l'étroite portion de route laissée entrouverte, ce dernier crut ainsi judicieux de bondir du véhicule, et ce dans l'intention visible d'atterrir sur le couple. Durant un instant qui parut se dilater aux protagonistes, il se lança dans un vol plané vers le couple qui arrivait à leur hauteur, se voyant déjà aplatir Matt et Clarisse sous sa carcasse, puis écorcher atrocement leurs visages sur l'asphalte.

Mais toujours ébranlé par le coup de tuyau de poêle asséné par Pascal, il réagit une fraction de seconde trop tard. Quand il tendit les bras pour les attraper, le convoi était passé et il ne parvint qu'à agripper la robe de Clarisse, qu'il déchira et transforma en un magnifique dos nu, avant de s'écraser lamentablement sur le sol brûlant, son nez s'y cognant si fort qu'il le sentit s'enfoncer au milieu de son visage.

L'obstacle franchi, Matt garda la main crispée sur l'accélérateur, freinant bien trop tard à l'attaque d'un nouveau lacet. La roue arrière chassa, la mobylette glissa sur le gravier, tangua puis se renversa. Le couple se releva avec de simples éraflures, puis jeta un coup d'œil derrière. Jules était à demi conscient, étendu sur le sol. Jim attrapa la chemise de son frère d'une main transformée en énorme crochet, et le souleva brutalement de terre pour l'enfourner dans l'habitacle.

Tandis que Clarisse aidait Matt à redresser le deux-roues, sa robe mutilée finit par ne plus tenir sur sa peau et lui descendit jusqu'aux chevilles. Elle s'en débarrassa d'un jet de jambe qui l'envoya valser dans les fourrés, n'étant plus vêtue que de sandales compensées et d'une culotte noire qui lui rentrait dans les fesses. Matt tenta de redémarrer et cette fois, le moteur n'eut pas de ratés. Il ne voulut en effet plus du tout repartir, tandis que derrière eux Jim faisait déjà cracher celui du pick-up, et entamait un demi-tour nerveux. Impuissante, Clarisse voyait son homme pédaler sur la machine immobilisée par la béquille, la roue arrière surélevée tournant désespérément dans le vide.

La bave aux lèvres, Jim se remit dans le sens de la marche, la mobylette en ligne de mire cent mètres plus bas. Il enclencha la première, et pressa l'accélérateur à en défoncer le plancher. Clarisse haranguait Matt, qui s'escrimait toujours, mais la chute avait sans doute noyé le moteur. La camionnette fondait sur eux, et le choc avec le pare-buffle allait être d'une tout autre violence que pour Pascal et Laurence. Ils allaient être littéralement vaporisés.

Le moteur parut donner enfin un peu de répondant, mais pas assez pour repartir. L'impact avec le pick-up était imminent, et un sourire de démon se dessinait sur le visage de Jim, déformé par une excitation macabre. Matt jeta ses dernières forces, tournant les jambes jusqu'à ce qu'elles le brûlent, façon bûcher médiéval. *In extremis*, le moteur redémarra. Clarisse sauta derrière lui et la mobylette put jaillir du cœur du lacet pour poursuivre sa route. Médusé, Jim les regarda partir, comme extérieur à la scène, sans freiner ni amorcer son virage. Le pick-up fila tout droit, et ce n'est que lorsqu'un mur de pins se dressa devant lui qu'il pila avant de donner un coup de volant pour les éviter. Le véhicule se renversa et se lança dans une ronde de tonneaux, puis alla s'écraser contre la force tranquille d'un des immuables troncs de la forêt.

Malgré l'urgence de la fuite, Matt ne put s'empêcher de ralentir lorsqu'il entendit le fracas de tôle résonner. Quand avec Clarisse ils se retournèrent vers le lacet en amont, noyé dans un nuage de poussière, le pick-up avait fini par se stabiliser la tête en bas, carrosserie éreintée et cliquetante, sans laisser présager le moindre signe de vie.

*

Stan s'éloigna de la fenêtre et revint vers le lit, où Tom était resté dans sa position, agenouillé au-dessus de Marie, son sexe toujours tendu vers la bouche de cette dernière.

— Putain Tom ! C'est ta façon de vérifier si y a personne en haut ?

— Je suis désolé... Elle m'a presque forcé à le faire !

— Ouais, vu d'ici c'est vraiment l'impression que ça donne...

Tom reboutonna son bermuda avant de tenter de descendre du lit, mais Marie l'emprisonna de ses membres en poussant des couinements apeurés, tout en frottant son entrejambe contre sa hanche. Stan dut venir aider son camarade à s'en arracher.

— C'était quoi ce bruit de mobylette ?

— Matt et Clarisse sont partis chercher du secours dans la vallée. On n'est plus que tous les deux maintenant.

Marie s'était mise à pleurnicher sur le lit, recroquevillée sur elle-même. Sa robe découpée ne dissimulait désormais rien ou presque de sa chair, quand ses jambes, serrées contre sa poitrine, faisaient de son bassin une courbe délicieusement enflée par ses fesses de lait. La vision ne laissa pas Stan indifférent, qui vint près du lit toiser ce corps secoué de sanglots, laissant courir ses yeux sur sa peau au grain juvénile si émouvant. Il se tourna peu après vers Tom en se mordant la lèvre inférieure, avec une expression que son ami ne sut déchiffrer tout à fait, entre « OK, je comprends ce qui a pu te passer par la tête pour lui sauter dessus alors qu'on se trouve dans un repaire de dangereux sociopathes » et « prenons-la en double, veux-tu bien ? ».

Sentant sur elle les yeux de Stan, tout comme sa puissante odeur de transpiration, à laquelle se joignaient les relents amers d'un parfum bon marché, Marie leva lentement la tête, le faisceau de son regard se hissant du short visiblement bien rempli de l'éphèbe, à la peau fine, bronzée et luisante de sa poitrine nue aux muscles parfaitement dessinés, jusqu'à son visage caricatural de beau gosse à mâchoire carrée. Ayant tout loisir de l'observer de si près, elle repensa à tous ces messieurs qu'elle avait admirés dans les magazines de Jules. Stan ressemblait bien plus à ces personnages que Tom et son teint pâle, son corps maigrelet, et sa calvitie naissante. Comme un réflexe inconscient, elle tendit le bras vers lui à hauteur de braguette, le bout de ses doigts tentant de l'effleurer. D'abord dubitatif,

Stan saisit son poignet. Marie crut qu'il voulait l'aider à toucher au but, mais il la tira en fait hors du lit, la faisant chuter sur le parquet grinçant.

— Stan, y a pas besoin de...

— Ferme-la. Elle fait partie de cette foutue famille. Si je m'écoutais je la ferais passer par la fenêtre.

Agenouillée aux pieds de Stan, Marie leva vers lui des yeux non pas remplis de peur, mais bien d'un étrange appétit teinté de lubricité, avant de s'approcher de lui à quatre pattes, sans quitter des yeux la bosse qui saillait de son short. Tandis qu'il se demandait si la meilleure façon d'occuper son temps, en attendant le retour du pick-up, n'était finalement pas de rassasier la faim de cette indigène des forêts en la prenant avec la sauvagerie qu'elle méritait, Tom jaillit soudain pour s'interposer, assez peu emballé par leur complicité naissante.

— Stan, t'avais raison, c'est vraiment pas le moment.

— Elle est quand même bien bonne, cette petite traînée...

— Sois raisonnable. On a mieux à faire.

— Elle est aussi coupable que les autres. Elle doit être punie !

— Regarde-la. Elle en redemande. Ce serait une punition tu crois ?

— T'avais pas l'air de te poser la question quand t'avais la bite entre ses deux seins.

— J'ai été faible. Je le reconnais. On peut passer à autre chose ?

— Je peux vous faire tous les deux, ça me dérange pas, intervint alors Marie en rampant jusqu'à eux, avant de se dresser sur ses genoux et de tenter de lécher les spectaculaires abdominaux de Stan.

Il la repoussa sans ménagement, mais cela ne refréna pas ses ardeurs. Elle tenta de revenir à la charge, et Tom s'accroupit face à elle.

— Marie, commença-t-il d'une voix douce, j'ai l'impression que tu es un peu perturbée... Laisse un peu mon ami tranquille, d'accord ? Et puis, poursuivit-il en se penchant à son oreille, n'oublie pas que c'est moi, ton sauveur, pas lui...

— C'est quoi cette histoire de sauveur ?

— Je t'expliquerai. Justement, c'est une longue histoire, répondit Tom en se redressant.

— Est-ce que tu serais pas un peu jaloux par hasard ?

— Quoi ? Jaloux de quoi ? fit-il avec un détachement surjoué. Je connais même pas cette fille ! Et puis t'as vu à quoi elle ressemble ?

— Oui, exactement. Une fille aussi bonne, sans vouloir t'offenser Tom, c'est inespéré pour toi.

— Je ne vois pas comment je pourrais ne pas me sentir offensé.

— Merde, ça suffit maintenant. Emmenons-la en bas.

Stan l'obligea à se lever et la tira vers la porte par ce qui lui restait de robe, Tom suivant juste derrière. Une fois hors de la maison, ils se dirigèrent vers le capharnaüm de ferraille. Stan fit asseoir Marie sur un inconfortable bloc-moteur, lui interdisant d'en bouger.

— Ils sont où tes frères ? Et ils reviennent quand ?

— Je sais pas monsieur, ils me disent jamais rien vous savez.

— Je me doutais bien que tu répondrais ça.

Stan ramassa une tige de cuivre qui traînait sur le sol.

— Je sais que tu sais où ils sont. Et tu vas leur dire de rappliquer tout de suite à la maison.

— Mais j'en sais rien je vous dis !

— Tu mens ! Ils sont dans la vallée, peut-être même qu'ils achètent à boire à la station-service... Appelle-les, dis-leur que quelque chose de grave est arrivé, trouve n'importe quoi.

— Mais, comment vous voulez que...

— Appelle-les je te dis !

— Jim ! Jules ! Revenez à la maison tout de suite ! Quelque chose de grave est arrivé !

Stan prit son élan pour lui asséner un coup de tige de cuivre sur la tempe, mais il retint son geste. Marie se protégea et vacilla sur le bloc comme si elle l'avait effectivement reçu.

— J'ai horreur qu'on se foute de ma gueule, espèce de garce.

— Je comprends pas ce que vous me demandez monsieur ! Ils peuvent pas m'entendre d'ici !

— T'es conne à ce point ? Je voulais dire, appelle-les au téléphone !

— Téléphone ? C'est quoi téléphone ?

— Elle est pas sérieuse ? demanda-t-il en se retournant vers Tom. Rassure-moi, et dis-moi qu'elle est pas sérieuse.

— Elle a l'air gentille Stan, mais elle est pas exactement brillante. Je crois pas qu'elle fasse semblant.

— Je veux voir ma maman, se mit-elle à sangloter.

— Merde, je l'avais oubliée celle-là, s'inquiéta Tom.

— Ta maman... n'est pas disponible, fit Stan, mal à l'aise.

— Maman ! Maman ! hurla-t-elle soudain à la mort.

Stan la menaçant d'un nouveau coup de trique cuivrée, et elle se tut aussi sec.

— Ta mère est... partie ramasser des champignons dans les bois.

Marie parut pour le moins étonnée par cette information.

— Monsieur, y a pas de champignons dans les bois par ici.

— Je rêve ou t'es en train de me traiter de menteur ? On l'a croisée sur le chemin en venant.

Tom prit Stan par le bras et l'amena à lui, lui parlant à l'oreille.

— Qu'est-ce que c'est que cette histoire de champignons ?

— Eh bien, pendant que tu t'éclatais à l'étage, je suis descendu à la cave. Et si le truc que j'ai vu en bas est bien sa mère, alors je crois pas qu'il faille lui dire tout de suite la vérité.

— Et qu'est-ce que t'as vu exactement à la cave ?

— Pourquoi tu te ferais pas une idée toi-même ?

Ce à quoi Tom s'attela aussitôt. Marie gigotait en grimaçant, les fesses endolories par les reliefs anguleux du bloc-moteur. Robe ouverte et jambes écartées sans aucune notion de pudeur, elle exposait à la vue de Stan sa duveteuse toison rousse, qui laissait deviner sans mal, par contraste avec la pâleur de sa peau, des lèvres rougies et enflées par les assauts donnés par Tom.

— Y a pas de champignons par ici monsieur.

— C'est parce que tu sais pas où chercher. Tais-toi maintenant.

Tom réapparut. D'un teint déjà blafard, on pouvait presque voir au travers de son visage.

— T'as raison. Faut pas lui dire la vérité. Du tout.

Dans un silence empesé, Marie les interrogea du regard, sans comprendre ce qui se passait, ni déceler leurs intentions. « Qu'est-ce qu'on fait d'elle maintenant ? » paraissaient-ils en effet se demander, absorbés dans la contemplation de ses seins insolents de beauté.

*

La voie était libre, et les psychopathes morts ou vifs chaque seconde un peu plus loin. Clarisse et Matt pouvaient laisser échapper cris euphoriques et insultes cathartiques à l'intention des jumeaux.

— On l'a échappé belle... glissa Clarisse à l'oreille de Matt, comme un cliché réconfortant.

Sa poitrine nue collée contre lui, elle glissa ses mains sous son tee-shirt, sur la peau brûlante de son ventre, puis remonta sur son torse, la tête posée sur son épaule. Par petites saccades, elle se mit à onduler son bassin contre ses fesses, avant que ses mains ne redescendent avec langueur vers son bas-ventre.

— T'es en train de faire quoi là ? demanda Matt de façon plus ou moins rhétorique.

Tandis qu'il négociait un virage serré, les phalanges de Clarisse s'immiscèrent sous son short. Son gland enflé rencontra l'extrémité des doigts intrusifs, qui s'enroulèrent autour de la hampe. Tandis que l'air s'alourdissait à mesure qu'ils se rapprochaient de la vallée, Clarisse libéra la verge de son carcan, la faisait saillir comme un couteau à la ceinture de Matt, son autre main englobant ses bourses d'une paume protectrice. Tout en frottant son entrejambe de plus en plus fort, elle le branla au rythme de ses mouvements, leurs gémissements se confondant peu à peu. Ces deux-là étaient décidément incorrigibles.

L'ivresse du soulagement d'avoir échappé à une fin terrible les rendait vulnérables à d'incessants assauts de désirs contradictoires, à des pulsions de mort et de sexe mêlées. Clarisse branlait Matt de façon à hâter l'éjaculation, l'index et le majeur recourbés au-dessous du gland, le pouce fermant la corolle pour exercer l'exacte pression qu'il aimait sur ses tissus gorgés. Tous deux savaient que ce n'était pas le plaisir qui était recherché là, mais bien l'urgence de la jouissance, d'une libération à l'image de celle qu'ils venaient d'arracher plus haut sur la route.

L'imminence de son orgasme n'échappa pas à Clarisse, qui resserra sa gangue digitale, la faisant coulisser plus vite encore. Dans le même temps elle mordilla la peau de son cou, et Matt poussa un râle annonciateur d'un cataclysme. Elle poursuivit toutefois ses va-et-vient, impatiente de faire jaillir ce sperme symbole de liberté.

Une première salve s'envola telle une étoile filante, vite imitée par une seconde tout aussi tonique. Mais alors que la queue de Matt se contractait pour propulser un nouveau jet, Clarisse ressentit soudain une crampe à la main, et dut relâcher la pression. Laissée à son sort, la hampe se plaqua aussitôt contre le bas-ventre de Matt. Le filet de sperme fut propulsé droit dans son œil gauche, noyant toute l'orbite de son abondante gluance. Aveuglé et en panique, il laissa un bref instant la mobylette dévier de sa trajectoire, puis donna un coup de guidon pour tenter de la rétablir. Son sexe continuait d'arroser son visage comme une mitraillette devenue folle. Bien trop brutal, son geste lui fit perdre le contrôle de la machine, qui plongea directement dans le sous-bois. Un tronc couché apparut en travers de leur route, impossible à éviter.

La roue avant se bloqua et le couple fut catapulté dans les airs, dessinant un arc magnifique. Matt accomplit une demi-révolution durant son vol, avant d'atterrir le premier sur le sol. Il s'y brisa la nuque dans un horrible craquement, et mourut sur le coup. Clarisse eut moins de chance. Son visage alla se fracasser avec une violence inouïe contre le puissant tronc d'un pin. Elle retomba au pied de celui-ci, incapable de bouger, son corps tout entier traversé d'effroyables douleurs.

Plus haut sur la colline, les jumeaux étaient parvenus à s'extirper du pick-up renversé, et unissaient leurs forces décuplées par la fureur pour le remettre d'aplomb. Ceci fait, ils jetèrent à l'arrière les cadavres de Pascal et de Laurence, que les tonneaux du véhicule avaient éjectés, puis se remirent en chasse.

C'est Jules qui le premier remarqua une fumée légère qui s'élevait au-dessus des pins. Jim stoppa le véhicule sur le bas-côté, son frère s'empara d'une pelle dans la benne, et ils pénétrèrent dans le sous-bois, où ils découvrirent une scène qui, à leurs yeux, tenait du miracle. Près de la mobylette brisée gisait le corps désarticulé de Matt, inerte, tandis que celui de Clarisse était échoué non loin. Ils s'en approchèrent, virent d'abord sa poitrine nue secouée de faibles respirations syncopées, puis son visage tuméfié par le choc, sa bouche charriant un mélange de sang et de salive qui faisait de petites bulles à la commissure de ses lèvres. Jules ne résista pas. Il tendit la pelle à son frère en s'agenouillant entre les jambes de Clarisse, arracha sa culotte, puis fit apparaître son engin monstrueux. Les yeux de la jeune femme furent traversés par une onde de terreur indicible, et elle rendit son dernier souffle. Jules reçut un monumental coup de pelle sur l'oreille. Tandis que son frère se tenait le visage en geignant, recroquevillé sur le sol, Jim tenta d'injecter un peu de raison dans toute cette folie.

— Y a plus urgent frangin. Jette-la dans la benne. T'en feras ce que tu voudras plus tard...

Bien à sa façon, toutefois.

*

Reposant sur l'accoudoir du canapé, Simone sentait son crâne aussi lourd qu'une boule de bowling, qu'une fièvre incandescente aurait menacé de faire exploser à tout instant. Ses yeux, qu'elle peinait à garder ouverts, ne s'accrochaient à rien dans la pièce, errant dans un film à la mise au point incertaine, tandis que ses mâchoires grelottaient à l'unisson de son corps tremblant. La chaleur était quasi irrespirable dans l'espace confiné de la cabane, et pourtant elle ne cessait de répéter à Hortense qu'elle crevait de froid. Cette dernière posa sa paume sur son front trempé, et eut durant un instant l'idée saugrenue d'y casser un œuf tant il était brûlant.

— Je veux mourir... murmura Simone en s'enfonçant dans les profondeurs du canapé.

— Dis pas de bêtises. Les autres seront bientôt là, on va tous s'en sortir, ne t'en fais pas.

— Je ne me souviens pas ce que... ce que ce monstre m'a fait...

— C'est ton inconscient qui travaille, c'est normal.

— Mais je suis sûre qu'il était plein de maladies, il a dû me refiler tout un tas de saloperies...

— Je suis sûre que tu n'as rien Simone, tout va s'arranger je t'ass...

— Comment tu peux dire ça ? Arrête de me dire ce que j'ai envie d'entendre, arrête de... Arrête, finit-elle par soupirer, épuisée.

— Ça doit être le choc qui te met dans cet état, rien d'autre. Il faut que tu me fasses confiance Simone. Simone ?

Elle venait subitement de perdre connaissance, pour la première fois sous la garde d'Hortense, qui fit claquer sur ses joues des gifles de plus en plus inquiètes. Simone émergea mollement, toujours noyée dans des brumes ardentes.

— J'ai soif...

Hortense regarda autour d'elle. Y avait-il seulement autre chose que de l'alcool dans cette maudite cabane ? Si l'eau minérale semblait avoir été proscrite, elle se souvint que la veille, les garçons avaient coupé leur vodka avec du jus d'ananas. Elle le retrouva dans la cuisine, et revint en faire couler quelques volutes entre les lèvres de Simone, qui grimaça puis en recracha la majeure partie sur le canapé, comme une gorgée de sperme trop amer.

Simone ne sombrait pas totalement, mais sa conscience lui jouait des tours, la faisant divaguer dans des limbes pleins d'ombres mystérieuses, peuplant sa vision d'apparitions troubles, telle la chèvre du chalet, qui se tenait auprès d'elle et articulait des propos parfaitement intelligibles sur les bienfaits de l'alimentation riche en fibres des alpages. Sous l'œil déconcerté de son amie, Simone marmonna ainsi quelques instants dans un énigmatique langage, avant de rapidement perdre pied, à nouveau. Hortense la secoua puis n'eut vite d'autre choix que de la gifler encore. Elle revint brièvement à elle, mais replongea aussitôt.

11

Le canon du fusil collé sous le nez de Marie, Stan veillait à ce que la jeune fille ne tente rien qu'elle pourrait regretter. Pendant ce temps Tom la ficelait à un pilier du porche avec un fil de fer trouvé dans le capharnaüm, qu'il enroula autour de sa poitrine en prenant soin d'épargner le velours de sa toison comme la fragile peau de ses seins. Il termina en lui liant les mains dans le dos, sectionnant le fil à l'aide d'une pince plus très coupante. Marie poussa un cri et il voulut aussitôt desserrer la boucle métallique, mais Stan l'attrapa par l'épaule et le ramena brutalement à lui.

— Je veux ma maman... se mit-elle à pleurnicher, écorchée par la ferraille qui lui rentrait dans la peau.

— T'es sûr de ce que tu fais ? demanda Tom.

— Quand les psychopathes seront revenus, cette folle sera notre monnaie d'échange. Mais si t'as une meilleure idée, là, tout de suite, je suis preneur... Non ? Alors on continue, idiot.

Le nerd de service traité d'idiot par le capitaine de l'équipe de football, voilà qui ne manque pas de saveur, se dit Tom.

— Je vais pisser, dit Stan en lui tendant le fusil.

— Stan, elle peut plus bouger, on risque rien avec elle.

— Tu le fais exprès ou quoi ? S'ils débarquent pendant que j'ai la queue à la main, il faut que tu sois prêt ! Putain...

Alors, pour la première fois de sa vie, Tom se saisit d'une arme à feu, tandis que Stan se dirigeait vers le coin de la maison.

— Tu sais Stan, y a encore quelques heures, tu te faisais mettre un doigt dans le cul par Matt à un mètre de moi, alors... Te voir pisser contre un mur va pas me choquer, je t'assure.

Stan s'arrêta et tendit un index menaçant vers Tom.

— Une fois qu'on sera dans la vallée, je veux plus jamais entendre parler de cette histoire. Plus jamais, t'as compris ?

Tom revint vers Marie, qui le regardait d'un air suppliant.

— Désolé Marie, je peux vraiment rien pour toi. Tu l'as entendu, on a besoin de toi pour sauver notre amie.

On perçut, depuis le coin du chalet, la mélopée du jet d'urine qui arrosait le mur, couplée avec un râle de soulagement. Tom vit Marie gesticuler de façon étrange contre le poteau, mouvant son bassin d'arrière en avant, comme pour l'approcher un peu plus de lui.

— Je te donne mon minou si tu veux... Viens, je te donne mon minou si tu me laisses partir...

Et elle tendit plus encore son pubis vers lui, se cambrant autant que ses douloureux liens le lui permettaient. La blancheur virginale de l'entrejambe tranchant avec la roseur des lèvres, qui perçait avec délice sous l'incendiaire rousseur... Tom fut comme aimanté par cette offrande auréolée d'un halo sacré, croyant entendre des nappes de cordes célestes.

Crosse à la main et canon traîné dans la poussière, il s'approcha et vint se poster près d'elle, juste assez pour avoir son « minou » à portée de fusil. Il parut hésiter et se mordit les lèvres jusqu'au sang, tandis qu'elle gigotait de plus belle, attendant fébrilement que son bras ou tout autre membre vienne s'insinuer entre ses cuisses.

Mais ce fut le canon qu'il se mit à lever lentement entre les jambes de Marie. Saisie d'effroi, elle tenta aussitôt de les refermer mais il fut plus rapide, bloquant l'une d'elles avec son pied comme il l'aurait fait avec une porte. Puis il continua de redresser le fusil, jusqu'à poser le métal froid contre ses chairs brûlantes. Elle poussa un gémissement, entre peur et excitation. Satisfait, il prit le fusil à deux mains et fit doucement coulisser le canon contre ses lèvres déjà humides. Tandis qu'il restait absorbé par leur scintillement, Marie l'interrogeait du regard. Elle n'avait aucune idée de ce qui était en train de se produire.

— Qu'est-ce que t'es encore en train de faire putain ? On n'a pas de temps à perdre à ces conneries !

Le retour de Stan les fit redescendre sur terre. Tom retira prestement le fusil d'entre les jambes d'une Marie désappointée, avant que Stan ne lui arrache des mains avec une énorme envie de le braquer entre ses deux yeux, histoire de mieux faire comprendre son courroux. Mais le temps parut soudain s'arrêter dans la clairière. Le grondement d'un moteur poussé dans ses retranchements remontait le chemin.

Sans même s'en rendre compte, Stan et Tom se rapprochèrent l'un de l'autre, jusqu'à se toucher. Le pick-up cabossé apparut dans un rugissement plein de fureur, roula quelques mètres puis s'arrêta devant la grange, noyé dans une brume de poussière dont les jumeaux émergèrent, marchant vers le chalet comme deux ombres terrifiantes.

— Restez où vous êtes, fit Stan en braquant son arme sur l'un puis sur l'autre. Restez où vous êtes !

Jim s'arrêta, et invita son frère à l'imiter. Ils remarquèrent Marie attachée à un poteau du porche, sa robe de princesse entièrement fendue. Si Jim tâcha d'en faire abstraction, Jules ne put s'empêcher de reluquer sa sœur avec appétit. Et lorsqu'il vit une brise légère venir caresser son duvet, il dut même faire descendre une main pudique sur son sexe. Jim savait très bien ce qui se passait dans le slip sale et malodorant de son frère, aussi il lui asséna une claque derrière le crâne qui le détourna de sa sœur, claque qui aurait plongé dans un profond coma tout être normalement constitué. Mais les jumeaux n'étaient pas normalement constitués.

— Je sais pas ce que t'as dans ton jouet, mais je suis sûr que c'est pas des munitions pour chasser l'ours. Et c'est de ça que t'as besoin pour t'attaquer à nous. Sinon, t'es déjà un homme mort.

— Donnez-nous les clés du pick-up. Maintenant.

— Oh, juste comme ça. Bien sûr.

— Si vous refusez, il pourrait arriver des choses à cette fille juste derrière moi. Je crois que vous vous connaissez non ?

— Aidez-moi les frangins, j'ai mal partout à mon minou !

— Jim, on devrait p't être...

— Et... qu'est-ce qui te fait croire qu'on en a quelque chose à foutre ? Allez-y, faites-vous plaisir. On s'en tape.

— Arrête ton numéro de gros dur. On est sérieux.

— J'ai jamais été aussi sérieux de ma vie, trou du cul.

Les deux camps se toisaient, séparés de dix mètres. Voyant à qui il avait à faire, Stan se sentit soudain envahi par la haine.

— C'est toi qui lui as fait ça hein ?

— Je te suis pas l'ami.

— Simone. C'est à cause de toi qu'elle est dans cet état.

— Oh... t'es le copain de la négresse, c'est ça ? Écoute, j'aimerais te dire que c'est pas moi, parce que mon frère est capable de trucs encore bien plus horribles que moi, je t'assure. Mais lui il a une excuse. Il connaît pas la limite. Moi, comment dire... j'ai pas d'excuse.

— Putain de monstre...

— Elle t'a appelé à l'aide tellement de fois quand je m'occupais d'elle. Mais t'étais pas là. Tu l'as abandonnée...

— Je vais t'en tirer une entre les yeux, je jure que je vais le faire...

— Pourquoi t'es en colère contre moi ? Ta négresse, en quelques minutes je lui ai donné plus de plaisir qu'elle en a jamais eu avec toi...

Stan pointa le canon droit sur le front de Jim, ne souhaitant rien de plus au monde que détruire son sourire arrogant, et tout ce qu'il y avait autour. Alors que la tension était à son comble, on entendit soudain un bruit d'air fendu à grande vitesse, le son sec d'une claque sur une chair ferme, puis un cri aigu monté d'une gorge adolescente. Tom venait d'abattre la tige de cuivre sur la cuisse de Marie, marquant au fer rouge sa peau lactée. Il paraissait regretter son geste, mais semblait pourtant déjà prêt à le répéter. Brandissant la tige, il prit ainsi son élan et frappa avec force sur son abdomen. La douleur fit cette fois hurler la jeune fille, qui se mit à pleurer, ses larmes coulant jusque sur son ventre barré d'une balafre.

Tom recula et laissa glisser la tige entre ses doigts, effrayé par sa propre cruauté. Il avait certes réussi à recentrer les débats, mais à quel prix. D'autant que les effets escomptés n'étaient pas vraiment au rendez-vous. Tandis que Jim restait impassible devant le châtiment infligé à sa petite sœur, Jules se massait de façon ostentatoire l'entrejambe. En clair, les clés du pick-up ne s'étaient pas rapprochées d'un millimètre.

— Frappe-la au visage, ordonna Stan.

— Quoi ? Je peux pas faire ça, c'est...

— Frappe-la au visage !

Jules se tourna vers son frère.

— Moi ça me dérange pas frérot, que la Marie elle se fasse embêter comme ça. Mais je me demande si la Mère elle serait d'accord.

La Mère. Jim se demanda comment il avait pu l'oublier.

— Marie ! Elle est où la Mère ?

— Elle est partie aux champignons dans la forêt !

— Quoi ? Tu sais bien qu'il y a pas de champignons par ici !

— C'est ce que j'ai dit au monsieur !

Jim se tourna vers les garçons, lançant à l'un puis à l'autre des regards chargés de nuages noirs.

— Elle est où, notre mère ? fit-il d'une voix dont la fureur rentrée menaçait à tout instant de faire exploser le calme de façade.

— Je sais pas monsieur, j'en ai aucune idée ! réagit aussitôt Tom, paniqué. Je l'ai pas revue depuis hier, je vous le jure...

— Elle est à l'intérieur, dit calmement Stan.

— Et pourquoi elle est pas ici ?

— On n'y est pour rien. Elle était comme ça quand on est arrivés.

— Ça veut dire quoi, comme ça ? Il lui est arrivé quelque chose ?

Devant le silence des garçons, Jim ne tint plus en place. À peine eut-il fait un pas en avant que Stan le mit en joue, viseur fiché sur le front. La montagne s'arrêta net, puis tapa sur l'épaule de son jumeau.

— Va chercher la Mère, dépêche-toi.

Jules se dirigea vers la porte du chalet en clopinant, tandis que Marie se tournait vers Stan.

— Alors la Mère, elle était pas partie cueillir des champignons ?

— On n'y est pour rien. Elle était comme ça quand on est arrivés, répéta-t-il, sincèrement désolé.

Terriblement coupable des douleurs qu'il venait d'infliger à Marie, et compatissant par avance au chagrin qui n'allait pas manquer de la frapper quand elle apprendrait la terrible nouvelle, Tom cherchait le moyen de se racheter aux yeux de la jeune fille. Tandis que Stan et Jim se défiaient en silence, il s'approcha d'elle, tentant timidement de croiser ses yeux, dont les épreuves des dernières heures avaient corrodé la fringante innocence. En quête d'un moyen de la réconforter, il détailla à nouveau ce jeune corps à demi nu, exposé à lui telle une idéale sculpture antique. Que faire pour l'aider, dans ces instants où les mots sont devenus dérisoires ? Trouver un morceau d'étoffe, afin qu'elle puisse au moins se couvrir le sexe ? Au moment où il se posa la question, Tom tomba inévitablement en arrêt sur sa fente, incapable d'en détourner les yeux, de penser à autre chose qu'à son étroitesse onctueuse et brûlante.

Il vint s'accroupir face à elle, enduisit son majeur et son auriculaire de salive, puis les approcha de l'entrejambe de la jeune fille, qu'elle n'avait même plus la volonté de refermer.

— Tout va bien se passer, lui assura-t-il avec douceur.

Ses phalanges vinrent glisser sur ses lèvres encore luisantes des caresses du fusil, puis se glissèrent entre elles avec délicatesse. Marie se remit à gémir, abandonnant peu à peu toute retenue à mesure que les doigts de Tom s'aventuraient en elle.

Stan vit Jim pencher la tête à 45 degrés, comme pour voir ce qui se passait dans son dos. Sans cesser de le braquer, il jeta un bref coup d'œil derrière lui, avant de revenir aussitôt vers Jim en dodelinant, atterré.

— Qu'est-ce que je t'ai dit Tom ? Tom !

Mais Tom ne s'arrêta pas, galvanisé par les généreuses coulées de cyprine qui descendaient sur ses mains. Terrassée par le plaisir, Marie ne pouvait basculer en arrière à cause du poteau, aussi elle jetait sa tête sur les côtés comme une poupée au cou brisé, ses beaux seins ballottant dans le même mouvement. Tom enfonça ses doigts aussi loin qu'il put dans son vagin, lui imprimant une vibration irrésistible. Tandis que Stan refusait de se retourner, Jim ne manquait pas une miette du spectacle de sa sœur branlée par un étranger.

Marie fut vite débordée par un orgasme ravageur. Son corps tout entier s'étira, raidi, secoué de spasmes, sous le regard de contentement béat de Tom accroupi à ses pieds.

Au même instant, et alors que la poitrine de Marie était encore agitée de soubresauts, le chalet parut vaciller sur ses fondations dans un grondement surpuissant, les dernières secousses de plaisir se fondant avec lui comme s'ils en étaient la cause. Le bruit assourdissant se doublait d'un soulèvement de poussière devant la maison, et les mâles spectateurs de la scène n'en revenaient pas. La jeune fille était-elle en train de libérer des pouvoirs surnaturels ? Ou bien la terre était-elle plus sûrement en train de trembler, même si le coin n'était pas réputé pour son activité sismique ? La réponse vint d'elle-même. Le chalet était déchiré de la cave au grenier par un hurlement qui n'avait plus rien d'humain, un hurlement à la puissance de moteur d'avion à réaction, dont on pouvait sentir le souffle expulsé par la porte du chalet.

Et puis soudain, plus rien. Stan et Tom échangèrent un regard. Ils connaissaient la suite. Jules apparut sur le seuil, haletant, le visage strié de larmes ayant emporté avec elles des amas de crasse et de sang. Dans ses bras il y avait le corps de la Mère, son front entaillé charriant encore d'épaisses volutes rougeâtres. Dans un geste plein d'une douceur que son frère et sa sœur ne lui avaient jamais connue, il posa le cadavre sur le plancher du porche, prenant garde de ne pas heurter le crâne fendu.

Tout s'enchaîna alors très vite. Stan vit fondre sur lui un train de marchandises lancé à pleine vitesse, sifflant et fumant et bien décidé à le désintégrer. Il réagit rapidement en le mettant en joue, mais Jules ne ralentit ni ne dévia sa course, la démence dans les yeux.

Il tira presque à bout portant. Jules poussa un hennissement et s'effondra comme un immeuble dynamité, vaporisant un nouveau nuage de poussière. Quand il se dissipa, une partie de l'épaule du colosse avait été emportée par le coup de feu, mais il réussit pourtant à mettre un genou à terre, puis à se redresser en serrant les dents. Stan prit un peu de recul, et visa très explicitement l'espace entre les deux touffes sauvages qui lui servaient de sourcils. Le court face-à-face parut durer une éternité, avant que Jim n'intervienne.

— Viens frangin.

Son frère revenu à ses côtés, Jim lui arracha son tee-shirt et le noua très serré autour de son épaule, afin de contenir le saignement.

— On l'a pas tuée. Je jure qu'on l'a pas tuée. Elle était comme ça avant qu'on débarque.

— Je te crois, étranger, fit calmement Jim. Je suis sincère, je te crois. Tout comme je crois que t'as plus qu'une balle dans ton fusil. Et comme chacun de nos poings peut tuer n'importe qui, je dirais que vous avez comme un problème...

— Donnez-nous juste les clés de ce putain de pick-up ! Il vaut quand même pas la vie d'un homme ! Et surtout pas de plusieurs !

Tom s'approcha timidement du devant de la scène.

— Non, mais... il vaut peut-être la vie de Marie, vous croyez pas ?

Le silence se fit, laissant place aux sanglots de la jeune fille, qui avait la tête inclinée sur sa poitrine. Quand elle la releva, son visage était trempé, et déformé par la peine.

— Vous comprenez vraiment rien... Vous pouvez faire ce que vous voulez avec elle. On n'en a rien à foutre.

— Tu dis pas ça sérieusement, dit Stan.

— C'était la préférée de la Mère. Maintenant qu'elle est morte, c'est moi le chef de cette famille. Et je vois aucune raison valable de la garder en vie. Désolé sœurette, c'est la vérité. Faut pas nous en vouloir.

Les pleurs de Marie redoublèrent, plus douloureux que jamais. Stan s'avança vers Marie et posa le canon sur sa tempe.

— Je répète. Tu dis pas ça sérieusement.

— Je le ferais moi-même si je pouvais, au moins elle serait sûre de pas souffrir. J'ai vu la précision de ton tir avec mon frangin...

— Va te faire foutre, s'énerva Stan en enfonçant le métal dans la chair tendre de Marie.

— Stan, j'étais pas sérieux moi-même, dit Tom. On va pas tuer cette pauvre fille enfin...

Jim harangua l'athlète de plus belle.

— Allez vas-y, fais-le...

— Je vais le faire...

— Pense à ta négresse à gros seins, à toutes les horreurs que je lui ai faites... Elle aussi elle voulait mourir, elle me suppliait de la tuer !

— Stan, il veut juste t'obliger à tirer ta dernière balle !

Son doigt se posa sur la gâchette. Marie s'était évanouie depuis de longues secondes déjà.

— Allez, sois un homme au moins une fois dans ta vie !

Tout l'être de Stan était concentré dans sa phalange fébrile, qui attendait de fusionner avec l'acier. Une voix s'éleva depuis l'orée de la pinède.

— Je... je voudrais faire une suggestion.

Interloqués, les protagonistes virent Hortense sortir du bois, et se diriger vers eux en traversant la clairière.

— Hortense, qu'est-ce que tu fous là ? demanda Tom, médusé. Ces types sont fous, rentre à la cabane !

— Je crois que j'ai à peu près compris quelle était la situation ici et... j'ai une solution à vous proposer.

— On t'écoute, fit Jim, hilare.

Stan et Tom la regardaient, sans pouvoir réagir. Ils avaient déjà parfois du mal à cerner l'ancienne Hortense, mais le problème était ici tout autre. Ils ne savaient pas qui était cette personne sous leurs yeux, transfigurée depuis la nuit d'orgie à la cabine, et visiblement pleine de surprises.

— Si vous nous laissez le pick-up, je donnerai mon corps à l'un de vous deux. Il pourra en faire tout ce qu'il voudra. Absolument tout.

Après un moment de flottement bien légitime, Jim éclata d'un rire hénaurme.

— Je crois que t'as pas saisi ce que ça voulait dire. Que t'as pas compris ce qu'on était capables de faire à une salope dans ton genre.

— En tout cas, j'ai vu dans quel état vous avez laissé mon amie.

— Et tu veux la même chose, c'est ça ?

— C'est ce qu'on appelle le sens du sacrifice. Le genre de concept qui vous est étranger, à vous les hommes.

— Arrête Hortense, c'est juste ridicule, s'agaça Stan. Jamais on te laissera faire ça. En plus, ça n'a vraiment aucune chance de marcher.

— OK, on accepte, dit simplement Jim.

Stan faillit s'étrangler. Jim fouilla dans la poche de son jean maculé de cambouis et en sortit un trousseau de clés.

— Mon frangin va descendre à la cave avec elle. Et quand il sera remonté, avec ou sans elle... Je vous donnerai les clés.

— Conneries. Comment on pourrait te faire confiance ?

— Cette fille vaut un pick-up, répondit-il en essuyant sa bouche rendue baveuse par l'appétit. Largement. Ça, ça ne ment pas.

— OK. Alors ne perdons pas de temps, fit Hortense avec à propos.

— Mais c'est de la folie ! s'insurgea Tom.

— Je sais ce que je fais, lança-t-elle en le fusillant d'un regard en acier trempé. Il faut qu'on sauve Simone.

Elle se dirigea avec conviction vers le chalet. Jules parut presque en oublier ses blessures, et la suivit d'un pas lourd et fatigué, sa paume couvrant sa plaie sanguinolente. La porte claqua derrière eux avec des accents funèbres.

Stan et Tom ne comprenaient pas ce qui venait de se passer. Tout était allé si vite. Hortense risquait sa vie pour sauver Simone, Clarisse et Matt étaient peut-être déjà en train de rameuter les secours. Tout ça pour les clés du fichu pick-up ! se dit Tom en regardant celui-ci, intrigué. Après qu'un calme relatif fut revenu, il se mit ainsi à renifler, grimaçant peu à peu. Il y avait dans l'air une odeur de plus en plus prégnante, qui commençait sérieusement à lui irriter les naseaux. Elle lui semblait venir du pick-up et, plus précisément, de sa benne…

*

Pour convaincre Jim d'accepter le marché, Hortense savait qu'elle devait se montrer terriblement sûre d'elle. Mais à mesure que Jules la poussait vers la porte de la cave, elle se sentait de moins en moins habitée par le sens du sacrifice dont elle s'était prévalue. Quand elle parvint en haut des marches, le fumet fétide qui remontait la stoppa tel un puissant vent contraire. Mais Jules ne s'en émut pas. Une bonne bourrade dans le dos plus tard, elle avait dévalé le petit escalier, se cramponnant tant bien que mal à la rambarde fragile.

Une certaine idée de l'Enfer, c'est ainsi qu'elle considéra tout de suite cet antre à la puanteur irrespirable. Elle était pétrifiée, incapable de faire un pas sur le sol putride. Jules l'attrapa soudain par le cou et la souleva à bout de bras, sans effort visible, et, tandis qu'elle se débattait en vain, la porta jusqu'à la table d'examen, dont le coin était couvert de sang et de matière cervicale de la Mère, avant de la jeter violemment sur la plaque de métal. Hortense posa les mains sur son cou meurtri, tâchant de retrouver son souffle. Simone avait tenté de lui décrire l'endroit où elle avait été séquestrée, torturée, et laissée pour morte. Mais jamais elle n'aurait osé imaginer lieu si cauchemardesque.

Après être allé fouiller un instant les étagères, Jules revint avec en tête une idée visiblement très précise du sort qu'il lui réservait. Il tenait entre ses mains ce qui ressemblait à une grosse perceuse, qu'on aurait appelée dans le milieu du bâtiment un « perforateur-burineur », soit une sorte de machine de guerre miniature dont le burin était capable, par ses coups de boutoir surpuissants et frénétiques, de décaper les murs les plus récalcitrants. Les jumeaux fatals, que la fange de la cave paraissait avoir rendu diablement créatifs, avaient gratifié l'outil d'une innovation finalement peu étonnante venant d'eux. Une longue tige métallique avait ainsi été montée sur le mécanisme en lieu et place du burin d'origine, mais surtout, à l'extrémité de celle-ci, on avait enchâssé un godemiché aux proportions dantesques, dont la roseur veinelée de mauve tranchait par sa propreté entretenue avec la saleté ambiante. Les jumeaux soignaient leurs affaires, voilà tout.

— J'aime bien donner des petits noms à nos outils. Celui-là, je l'appelle… le perforateur avec un gode.

— C'est un peu littéral, mais joli, fit Hortense, l'ironie désespérée.

Jules mit en branle la bruyante machine, puis pressa un bouton placé sur la poignée. La tige imprima un mouvement de rotation à l'immense gode, prêt à caresser les mystères de la beauté intérieure féminine. Il actionna ensuite un interrupteur, et le pilon pénétrant se mit à coulisser au rythme de cinq ou six allers retours par seconde. Il tourna enfin une molette qui en décupla la fréquence, sous les yeux horrifiés d'Hortense imaginant quels dégâts l'engin était capable de causer.

Jules fit taire le moteur et posa avec précaution l'outil sur l'établi, puis revint vers la table d'examen, sur le rebord de laquelle Hortense tentait discrètement de glisser. Il l'empoigna par le bras, fine brindille prête à se briser sous la pression de ses battoirs.

— Faut pas rêver ma cocotte.

Il saisit sa cheville droite et inséra son mollet au creux d'un des reposoirs, l'y sangla avec une lanière en cuir, puis s'apprêta à faire de même avec l'autre jambe quand Hortense se redressa soudain, telle une revenante à qui on aurait trop vite creusé sa tombe.

— Je n'arrive pas à le croire... Tu vas quand même réussir à me baiser sans avoir besoin de m'attacher !

En temps normal, Jules aurait fait mine de ne pas entendre. Mais celle-ci était spéciale. Plus courageuse que toutes celles que son frère et lui avaient amenées par le passé à la cave.

— D'accord. Mais je te conseille de pas trop bouger. Ça va te faire encore plus mal sinon, et moi... j'aime pas faire mal aux gens.

Hortense savait que c'était là une petite victoire, mais elle ne se sentit pas rassurée pour autant. Cela ne changeait après tout rien aux terribles plans qu'il avait pour elle. Avant que Jules n'aille prendre sa démoniaque machine sur l'établi, elle posa une paume tremblante sur sa main.

— Jules... Tu peux me lécher un peu avant ? Si tu veux vraiment pas me faire trop mal, alors lèche-moi un peu avant. S'il te plaît.

Cette fille est vraiment pas comme les autres, se dit-il en faisant passer la requête à travers sa complexe grille d'analyse. Considérant qu'elle était finalement bien recevable, il souleva sa jupe de *cheerleader*, déchira sa culotte d'un geste sec, puis plongea sa muqueuse démesurée et gluante entre ses jambes...

*

L'odeur qui venait de la benne n'était plus simplement irritante pour Stan et Tom, elle devenait intolérable. Tandis qu'ils cachaient leur nez sous leur tee-shirt, Jim se dirigea nonchalamment vers le pick-up.

— En attendant ça vous dérange si je finis ce que j'avais à faire ? J'ai des trucs à décharger.

Il posa la main sur la poignée de la benne. Stan le braqua.

— Comme quoi ? Des fusils pour chasser l'ours ?

— Y a pas d'ours par ici. Étranger.

Méfiant, Stan fit quelques pas pour se décaler et ainsi mieux voir l'arrière du pick-up. Jim abaissa lentement le battant pour prouver sa bonne coopération, puis se hissa à bord.

Après avoir constaté que la benne ne recelait pas d'arme, Stan ressentit un insidieux malaise. Il voulut d'abord croire que les jumeaux rentraient d'une fructueuse partie de chasse, à en juger par la taille des gibiers dont la benne était chargée. Qu'avaient-ils bien pu ramener ? Des cerfs, des bouquetins, des loups ? L'estomac rapidement au bord de lèvres, Stan dut se rendre à l'évidence : Jim était en fait en train de manipuler des corps humains, et ce avec un détachement proprement glaçant. C'était toutefois bien d'une fructueuse partie de chasse qu'il rentrait. Que le gibier fût humain ou animal ne faisait pour Jim aucune différence. En cela, il était malgré lui un précurseur de l'antispécisme.

Stan et Tom ne reconnurent pas les premiers cadavres qu'il jeta sur le sol, ceux de Laurence et de Pascal, quasi broyés par le choc avec le pare-buffle du pick-up et le passage répété de ses roues. Déjà nauséeux, les garçons se sentirent vaciller quand le corps disloqué de Matt heurta la poussière. Guère ému, Jim termina son labeur, et sur le monticule ainsi formé s'échoua celui de Clarisse.

Stan fit quelques pas chancelants en arrière, puis se plia en deux et vomit jusqu'à ses dernières tripes, tandis que Tom n'arrivait lui plus à bouger, mâchoire pendante, hébété. Jim savourait la scène, le visage étiré par un sourire outrancier. Stan cracha encore quelques gouttes de bile puis se redressa brutalement, habité par une rage vengeresse.

— Je me fous que ce soit ma dernière balle.

Et pour la première fois il visa réellement Jim, crosse au creux de l'épaule et œil dans la ligne du viseur. À son propre étonnement, il pressa la gâchette sans aucune retenue.

L'arme resta désespérément muette, à l'exception d'un cliquetis assez misérable. Le vieux fusil venait tout bonnement de s'enrayer.

— Putains d'amateurs, fit Jim en avançant vers lui.

*

Allongée sur la table de métal, le dos labouré par ses rugosités et le regard perdu dans les toiles d'araignées qui tapissaient le plafond de la cave, Hortense préférait ne pas regarder la tête hirsute de Jules qui s'activait entre ses jambes en émettant des bruits de succion similaires à ceux qu'il faisait lorsqu'il mangeait sa soupe. Non, elle préférait ne pas voir, car les sensations que lui causait sa langue étaient déjà bien assez écœurantes, comme si une anguille à l'état de fraîcheur suspect gigotait en elle, odeurs comprises. Elle réussissait à surmonter sa répugnance pour une seule et unique raison : elle avait un plan pour sortir vivante de ce cloaque, et pour cela elle devait le laisser butiner encore un peu entre ses cuisses. Seulement, un brin lassé, et surtout impatient de passer à la suite, Jules se retira sans prévenir.

— Allez, c'est l'heure de passer aux choses sérieuses maintenant.

Prise de cours, Hortense redressa la tête, et laissa échapper un gémissement déçu.

— T'en veux encore, c'est ça... T'es vraiment la pire des salopes, jamais la montagne en a vu passer des comme toi !

— S'il te plaît, lèche-moi encore un peu Jules. Ta langue est... magique, susurra-t-elle en se retenant de déglutir.

— D'accord, je veux bien te lécher encore. Mais faut bien te mettre un truc dans le crâne. Ça va quand même faire sacrément mal après.

Alors, il revint vers elle et se pencha sur son sexe, dont la peau n'était plus que bave filandreuse et malodorante. Quand elle sentit son nez s'insinuer dans sa toison, elle comprit qu'elle devait aller très vite. Que l'Hortense qu'elle était au fond, étudiante vive, curieuse et pleine de rigueur, allait devoir reprendre le dessus.

Se remémorant la prise de ju-jitsu que Clarisse avait infligée à Stan durant l'orgie à la cabane, elle tenta de reproduire ses gestes, malgré le gabarit bien supérieur du sujet. Elle lui prit la main droite avec délicatesse, la faisant glisser sur son ventre, avant d'étirer son bras sur le côté. Puis, avec une vivacité étonnante, elle passa sa jambe droite derrière le cou de Jules, sa cheville venant se loger derrière son genou gauche pour fermer le triangle. Là elle serra de toutes ses forces, l'épaule et le cou du colosse pris au piège du même étau, tout en tirant sur son crâne avec ses bras pour accentuer la pression sur sa carotide. Jules voulut d'abord rire de la péripétie, guère inquiet, puis réalisa que son souffle était aussi bloqué que sa circulation. Il tenta de dégager son bras de l'étreinte, mais Hortense tint bon, figée dans la position.

Perdant ses nerfs, il essaya de secouer la frêle jeune femme, sans réussir à s'en défaire, puis de rage recula pour s'éloigner de la table. Le raclement sur le métal enflamma le dos d'Hortense, mais sa prise ne bougea que de quelques millimètres. Pesant de tout son poids sur sa nuque, elle l'obligea à s'affaisser sur le sol, terrain idéal pour poursuivre l'étranglement. Il se sentit faiblir peu à peu, ce qui eut pour effet de décupler sa rage de combattre. Il parvint à se redresser dans un effort herculéen, soulevant du sol une Hortense recroquevillée autour de sa tête.

De son bras libre, il la frappa de façon désordonnée, dans le dos, les côtes, à l'arrière du crâne. Elle eut terriblement mal, et fut à deux doigts de desserrer l'étreinte. Il semblait tout près de s'évanouir, elle pouvait le sentir entre ses bras et ses cuisses, mais c'était une force de la nature, comment pouvait-elle raisonnablement en venir à bout ? Il était de plus en plus faible certes, mais elle aussi. Qui céderait le premier ?

Tandis qu'Hortense sentait ses dernières énergies la quitter, Jules finit par mettre un genou à terre, prenant appui sur l'établi pour ne pas tomber. Elle vit au bord de celui-ci un tournevis de bonne taille. Il n'y avait pas de question à se poser. Elle s'en empara et dans le même mouvement le planta de toutes ses forces dans le crâne du géant, qui eut cette fois une raison définitive de s'effondrer.

Se dégageant de l'immense carcasse étendue sur le sol fangeux, Hortense n'arrivait pas à croire que son idée ait pu marcher, et quelque part, elle avait raison. Si Jules était bel et bien couché à plat ventre avec un tournevis enfoncé dans la tempe, des brumes de poussière voletaient devant sa bouche. Le salopard n'était pas encore mort.

Son regard fureta à travers la cave, sans réussir à se fixer. Elle songea à un millier de façons d'achever Jules, qui semblait condamné à se relever éternellement de ses blessures. Et puis, elle se reposa sur le pragmatisme qui avait, parmi de nombreuses qualités, fait d'elle une brillante étudiante. Il n'y avait qu'un moyen vraiment sûr d'en finir avec lui, mais elle ne pouvait y arriver seule, elle en était consciente. C'est précisément pour cette raison que, lorsqu'elle découvrit le système de poulie utilisé par la Mère pour vivre sainement ses fantasmes, elle sut qu'elle avait trouvé le parfait allié.

*

Le pas de Jim était en apparence tranquille, apaisé, mais il portait en lui un pétrifiant germe d'inéluctabilité, celle d'un assaut colossal à venir. Équipé de son fusil hors d'état de nuire, Stan restait irradié par la colère, immunisé contre la peur. Il fit glisser l'arme dans sa main, la saisit fermement par le canon, puis la brandit à mi-hauteur comme une batte de base-ball. Quand Jim se fut approché suffisamment, il se rua sur lui et abattit le fusil de toutes ses forces en visant la tête du titan. Jim se protégea presque tranquillement de son avant-bras, et le bois de l'arme vint s'y briser net, comme si son membre était fait de marbre. La crosse alla valser jusqu'à l'orée de la pinède sous la force du coup, et Stan se retrouva avec le seul canon à la main. Il préféra le jeter sur le sol avant de se mettre en garde, poings en avant.

Tom restait immobile et silencieux, comme soustrait à la scène. Il savait bien qu'il devait aller prêter main-forte à son ami, ne fût-ce que pour une question d'honneur. Mais il était tout aussi sûr que ses bras rachitiques et sa technique inexistante ne lui seraient d'aucune aide.

Stan s'en souciait à ce moment précis comme de sa première coquille de protection. Dans l'équipe de football de la fac, il était un véritable bulldozer, un cocktail de puissance et de vélocité capable de faire exploser sur son passage les défenseurs les plus redoutés. Il pensa ainsi prendre de l'élan pour charger Jim, mais jamais il n'avait croisé sur un terrain un joueur de ces dimensions, qui flirtaient avec les limites de l'humanité. Si la charge échouait à le faire tomber, il se retrouverait pris au piège, et dès lors Jim aurait tout loisir de le réduire en bouillie. Il choisit de lui tourner autour comme un boxeur, sautillant en pas chassés. Jim était d'une force surhumaine, certes, mais il était largement dominé en vitesse, et avait du mal à suivre ses mouvements. Voyant cela, Stan se démena pour lui faire tourner la tête. Agacé, Jim perdit bien vite son sourire. Il tenta de l'attraper à plusieurs reprises avec les grappins qu'il avait au bout des bras, mais Stan esquivait à chaque fois par d'agiles pas de côté.

Jim s'énervait, et fatiguait, le souffle de plus en plus lourd. Stan patienta encore un peu, puis décida de planter la première banderille. Une attaque aussi soudaine que furtive pour Jim, qui reçut un crochet près de la tempe, frappé sur le côté sans avoir pu voir le coup venir. Stan battit en retraite avec vivacité, sans qu'il puisse riposter. Et la petite ronde dansante put reprendre.

Il y eut de nouveaux coups portés au visage, au ventre, aux côtes de Jim, rapides, précis, suivis de nouvelles esquives tout aussi vives.

De plus en plus furieux et essoufflé, le jumeau orphelin, trop lent, trop lourd, n'arrivait pas à faire face à ce travail de sape. Stan commença à croire en ses chances. Il devait l'amener au bord du point de rupture, et porter l'estocade. Mais il ne pourrait réussir à le mettre KO à la seule force d'un coup de poing. Sa seule chance, c'était la course, une charge si dévastatrice qu'elle coucherait Jim pour de bon. Maintenant qu'il était suffisamment affaibli, le moment était venu.

Stan recula d'une bonne dizaine de mètres. Jim était encore en train de se retourner quand il se mit à sprinter en hurlant, prêt à lui défoncer la cage thoracique. Il mit plus de force dans cette attaque qu'il n'en avait jamais mis sur un terrain. Le choc fut terrible.

Jim ne recula pas d'un centimètre. Stan se heurta à lui comme à un mur en béton armé, rebondissant contre sa poitrine pour s'écraser en arrière, assommé. Le jumeau inaltérable secoua la tête, consterné par tant de naïveté, puis ramassa le canon du fusil qui traînait sur le sol.

Comprenant que les choses avaient de fortes chances de tourner au vinaigre, Tom s'enfuit prestement vers le sous-bois en poussant un hurlement suraigu. Il disparut dans la pinède, ses cris ne s'éteignant qu'après une bonne minute.

Jim s'était assis sur Stan, à cheval sur ses hanches. Il l'observait en souriant, attendant qu'il retrouve quelques onces de lucidité.

— T'es courageux petit, je veux bien t'accorder ça...

Et sitôt sa réplique assénée, il prit le canon à deux mains et le plaqua en travers de sa gorge. Les yeux de Stan se révulsèrent tandis que ses mains trop faibles chassaient l'air, tentant en vain de repousser le morceau de métal. Jim se délecta de faire durer le plaisir, exerçant une pression maîtrisée tout en fixant Stan au fond de l'iris, sans jamais se départir d'un sourire pervers au coin des lèvres.

Stan était cuit, tout ce qu'il avait désormais à espérer, c'était que la mort vienne le cueillir, et le moins tard possible. Pendant ces instants censément frappés du sceau de l'introspection et du sacré, il crut sentir contre son pubis un petit couteau que Jim devait avoir caché dans son pantalon. Voyant le visage de son bourreau se teinter d'embarras, il se surprit à se demander, en cet instant pourtant si solennel, si ce n'était pas autre chose qui se pressait en réalité contre son bas-ventre.

Lassé de jouer avec lui, Jim hâta la fin du calvaire. Il appuya sur le canon de toutes ses forces et disloqua la pomme d'Adam de Stan, la faisant rentrer dans sa trachée écrasée. Pour faire bonne mesure, il brandit le morceau de métal au-dessus de sa tête et l'abattit au cœur de la gorge suppliciée, clouant littéralement Stan au sol.

Il se redressa ensuite avec lenteur et essuya d'un revers de main le sang qui venait de lui gicler dessus, et de se mêler à tous ceux récoltés au cours d'une déjà bien longue journée. Il passa devant Marie sans même lui jeter un regard, elle qui grognait faiblement, rabaissée à des instincts de bête, sa tête dodelinant sur sa poitrine, puis s'engouffra et disparut à son tour dans la pinède, traçant son chemin de ses pas de croque-mitaine.

*

Comme Hortense l'avait craint, Jules avait fini par revenir à lui, malgré le coup de tuyau de poêle asséné par Pascal, malgré l'accident de pick-up, malgré la balle dans l'épaule tirée par Stan, et malgré le tournevis qu'elle venait de lui planter dans le crâne. Mais lorsqu'il avait rouvert les yeux, Jules était dans la même position qu'elle-même un peu plus tôt, plaqué sur le plateau en fonte comme un steak prêt à cuire, à cette différence près qu'Hortense avait rassemblé tous les morceaux de corde qu'elle avait pu trouver dans la cave et l'y avait ficelé comme un rôti, bras le long du corps, et jambes sanglées aux reposoirs obstétriques. Elle avait par ailleurs fendu sa salopette à l'aide d'un ciseau à bois, laissant pendouiller son pénis digne du fameux Gulliver.

Jules redressa la tête avec difficulté, et vit au cœur du V formé par ses jambes ouvertes la silhouette d'Hortense. Il voulut s'émouvoir de sa condition auprès de sa geôlière, mais un solide bâillon l'empêchait de prononcer la moindre parole intelligible. Il ne pouvait communiquer avec elle qu'à travers le regard, et celui d'Hortense était clair. Sa vengeance était sur le point de s'abattre.

Elle s'empara sur l'établi du bien nommé perforateur avec un gode, puis revint se placer dans le champ de vision de Jules. Pris de panique, il se mit à couiner en secouant la tête avec frénésie, témoignant que du point de vue de la victime, cette vision avait de quoi rendre fébrile. Il se raidit, gémit, tenta de se débattre. Mais il n'y avait rien à faire. Cramponnée à la machine, Hortense approcha le gode terrifiant de son anus, et n'hésita pas un instant. Elle fit sauter le verrou comme un policier aurait défoncé une porte avec un bélier. Le corps de Jules se tétanisa sous la douleur indicible, mais ce n'était là que le début. Une fois l'appendice inséré, elle pressa le bouton de rotation de la tige. Le caoutchouc tourna vivement sur lui-même, laminant à vif les tissus du fondement de Jules, et étirant son sphincter dans des proportions effrayantes. Quand elle en eut assez de ce prélude, Hortense coupa le mécanisme, sans retirer le gode. Jules émit bien des geignements suppliants, mais elle resta de marbre. Rigueur, pragmatisme, détermination, autant de qualités qui l'avaient portée à l'excellence universitaire. Les mêmes lui permettraient de sortir de cet enfer.

Bien campée sur ses jambes, elle pressa la gâchette de l'outil. Le gode percussif accomplit alors ce pour quoi il avait été conçu par les jumeaux, et ce ne fut pas beau à voir. Le corps de Jules ne fut plus que spasmes de souffrance, et cris étouffés dans son bâillon. Hortense savait qu'elle devait tenir bon. Elle tourna la molette, et la vitesse augmenta. Jules cessa peu à peu de lutter, abandonné par ses sens, quand son anus se transformait en une béance où le gode finit par s'engouffrer sans résistance. Mais cela ne suffit pas à la jeune femme. Elle poussa la molette plus loin, encore et encore, jusqu'à la puissance maximale. L'outil vrombit et percuta à un rythme affolant, la secouant comme un prunier, jusqu'à ce qu'elle voie de la fumée devant ses yeux, sans savoir si elle émanait du perforateur ou des chairs en voie de fusion de Jules, inerte depuis un long instant. Elle enfonça la tige jusqu'à la garde et le gode déchira les organes internes du malheureux, qui fut secoué par une dernière contraction de vie avant de rendre l'âme. Peu après le moteur en fit de même, son explosion projetant Hortense en arrière. La tige resta plantée entre les fesses de Jules, y fit encore quelques va-et-vient émoussés, puis s'immobilisa dans un nuage aux relents de cochon grillé.

Passé un moment de stupeur, Hortense se releva en époussetant son tee-shirt, puis sa jupe. Elle remarqua que celle-ci était mouillée à l'endroit de son sexe. Craignant de s'être urinée sur les cuisses, elle insinua sa main sous l'étoffe, puis la porta à ses yeux. De minces fils de cyprine s'enroulaient autour de ses doigts, brillant sous la lumière de l'ampoule vacillant au plafond.

Elle remonta ensuite les marches de l'escalier, harassée, prête à réapparaître sur le seuil du chalet, vainqueur épique du Goliath de toutes les perversions. La clé du pick-up allait leur être délivrée, et toute cette histoire ne serait bientôt plus qu'un mauvais souvenir. Mais quand elle franchit la porte, hagarde, et posa le pied sur le porche, Marie était toujours attachée à l'un des montants. Les garçons avaient disparu, tout comme Jim, mais le pick-up était toujours là. Elle ne comprenait pas ce qui avait pu se passer. Elle ne comprenait pas non plus pourquoi il y avait des cadavres ensanglantés au pied du véhicule. Hortense était remontée de la cave en héroïne, mais elle avait pourtant l'impression de s'enfoncer un peu plus dans l'infâme...

*

Tom avait fui la scène des crimes sans jamais se retourner, ni reprendre son souffle entamé par les cris d'effroi qu'il avait poussés. Il slalomait entre les pins, poumons incandescents, lancé dans une course aveugle et démente tel un poulet fraîchement étêté. Il avait bien songé à trouver refuge à la cabane, puis aussitôt jugé que c'était une bien piètre idée, car Jim s'y dirigerait à coup sûr sitôt qu'il en aurait terminé avec le pauvre Stan. Son ami Stan, qu'il avait lâchement abandonné dès que les choses avaient mal tourné. Il se haïssait d'avoir agi ainsi, mais il n'avait après tout fait qu'obéir à un banal instinct de survie. S'il s'en sortait, il serait plus tard aisé de lui reprocher sa couardise. Mais il était sûr que ceux qui le feraient ne s'étaient jamais trouvés les yeux dans les yeux avec le Mal incarné.

Sans s'en rendre compte, il gravissait en diagonale le flanc de la montagne, s'élevant deux ou trois cents mètres au-dessus du niveau du chalet. Là, il rejoignit un plateau clairsemé qui marquait une pause salvatrice sur la pente. À bout de souffle, ses muscles vidés de tout oxygène, il n'eut d'autre choix que de s'arrêter, les mains sur les genoux. Son corps tout entier le brûlait de l'intérieur.

Quand il eut retrouvé un semblant de vaillance, Tom évalua son environnement. Le replat formait une sorte d'encoche dans la montagne, qui lui donnait une vue sur la vallée voisine. Sans même parler d'y chercher du secours pour ses amis encore vivants, s'il en restait, il pourrait au moins y trouver une issue qui ne soit pas un meurtre avec barbarie de sa propre personne.

Ce qu'il vit alors sortir du sous-bois le surprit, certes, mais ne l'inquiéta pas tout de suite. Sa perception faussée par l'effort qu'il venait d'accomplir, il crut d'abord que s'avançait calmement vers lui une espèce de grosse peluche, aux intentions visiblement pacifiques. Et puis, tout à coup, la grosse peluche se dressa sur ses pattes arrière et ouvrit grande sa gueule, poussant un hurlement dont la force fit trembler la montagne tout entière.

« On peut pas dire que ce soit mon jour de chance », se dit Tom avec une certaine clairvoyance, tandis qu'un ours gigantesque fonçait sur lui, babines baveuses et immenses crocs toutes voiles dehors, prêts à le déchiqueter.

12

Simone divaguait. En dépit de sa faiblesse insigne, elle parvenait certes à dissocier de la réalité les rêveries étranges qui l'assaillaient, mais elle les ressentait toutefois avec une acuité traumatisante, telle une comédienne trop profondément dévorée par un rôle. Tout dans ses visions était morbide, funèbre, et la ramenait à cette Mort qui allait tôt ou tard revenir la chercher pour un ultime voyage. Parmi les images qui faisaient le linceul de sa conscience, il n'y avait pas de squelette drapé de noir et armé d'une faux, pas de ténébreux cimetière gothique, ou encore de tunnel ponctué d'une aveuglante lumière blanche. Non, tout n'était qu'allusions et évocations de figures proches liées d'une façon ou d'une autre au trépas. Des figures comme celle de sa grand-mère perdue un an plus tôt, que l'on avait coutume d'appeler « Pépette » dans sa famille, ou pire encore, celle de Pierrick, le cochon d'Inde qu'elle avait perdu à l'âge de sept ans, une disparition dont elle ne s'était jamais vraiment remise.

À part cette Mort prédatrice qui rôdait autour d'elle, l'autre sensation qui l'étreignait était une gêne persistante entre les fesses, d'autant plus agaçante que, perdue dans ses vaporeuses errances, l'impression restait diffuse, et impalpable. En d'autres termes, elle enrageait de ne pas savoir ce qui lui rentrait ainsi dans le cul.

Quand elle retrouva enfin la conscience de l'instant présent, Simone était allongée au creux du canapé encore parsemé des vestiges des festivités de la nuit. Elle appela vite Hortense à l'aide, à plusieurs reprises, son mince filet de voix s'affermissant peu à peu. Elle avait désespérément besoin d'un verre d'eau, mais la cabane semblait déserte, silencieuse. Sans force, nauséeuse, elle réussit tout de même, au prix d'un violent effort, à se redresser sur l'assise marronnasse. Elle comprit alors d'où venait la douleur ressentie durant son rêve. Entre les coussins était coincée une bouteille de whisky vide.

Au fond du récipient subsistaient de quoi boire quelques gorgées. La cuisine lui paraissant aussi lointaine que la vallée, l'alcool ambré ferait bien l'affaire. Elle porta le goulot à ses lèvres et en prit une large rasade, qu'elle recracha aussitôt dans une grimace de profonde répulsion. Sans même avoir été terminée, la bouteille avait visiblement été utilisée durant l'orgie à des fins autres qu'alcoolisantes. L'estomac soulevé, elle laissa la bouteille glisser entre ses doigts et rouler sur le sol.

L'épisode eut toutefois pour effet de la réveiller un peu, et elle se sentit même prête à décoller du canapé, malgré l'ampleur de la tâche. Elle prit appui sur l'accoudoir et essaya de se lever, mais ses jambes restaient bien trop faibles, comme déplâtrées après une longue période d'immobilisation. Elle s'effondra sur le parquet.

Dans l'instant fracassant qui suivit, un énorme poing traversa la porte de la cabane. Un pied chaussé de bottes démesurées en fit sauter un large pan, avant qu'une épaule ne finisse de défoncer ce qui en restait. Jim fit irruption dans la pièce.

— La porte était ouverte, connard, lui jeta-t-elle, pleine de morgue flegmatique.

Jim s'approcha d'un pas tranquille, saisit le dos de sa robe de chambre et la jeta sur le canapé comme un animal de compagnie. Le face-à-face était ridiculement déloyal, la tête de Jim effleurant le plafond.

— T'aurais jamais dû te sauver tu sais. Tout ce que t'as gagné, c'est que je vais te refaire une deuxième fois tout ce que je t'ai déjà fait.

— Ça ne veut rien dire, ce que tu viens de dire. Faire une deuxième fois, OK. Mais refaire une deuxième fois, ça voudrait dire que ce serait la troisième fois. T'es d'accord avec moi ?

— Ferme juste ta gueule, t'es d'accord avec moi ?

Simone nota les bleus et les enflements sur son visage.

— Qu'est-ce qui t'est arrivé ? T'avais pas rangé tes jouets et ta mère t'a mis une raclée ?

— Ma mère est morte, répondit-il en serrant les dents.

Elle laissa filer un instant, décontenancée, puis se reprit.

— N'attends pas de moi que je sois désolée. Elle avait l'air aussi cinglée que toi.

— Pour répondre à ta question, c'est ton morveux de petit copain qui m'a fait ça.

— Stan ? Qu'est-ce que... qu'est-ce qui s'est passé ?

— Je vais pas te refaire toute l'histoire. Mais il s'est battu comme un homme. C'est tout ce que tu dois savoir.

Simone n'arrivait pas à le relancer, trop apeurée à l'idée d'entendre de la bouche du monstre ce qu'elle avait déjà compris.

— Il s'est battu comme un homme, oui. Et il est mort comme un homme. Tu peux être fière de lui.

— Stan... est mort ? fit-elle dans un sanglot étranglé.

— Comme les deux sur leur mobylette. Comme la petite salope en jupe de pom-pom girl. Le maigrichon, lui, il s'est enfui dans la pinède, mais je tarderai pas à mettre la main dessus.

Simone voulut se lever pour lui frapper la poitrine de ses poings, mais il la renvoya au fond du canapé d'une simple pression de l'index sur le front. Ses nerfs commencèrent à lâcher, entre pleurs et fureur.

— Mais... mais c'est quoi votre putain de problème ?

— Je comprends pas. Qu'est-ce que tu veux dire ?

— Votre putain de famille ! C'est quoi votre problème ? Pourquoi vous êtes comme ça ?

— Pourquoi, pourquoi, vous posez toujours la même question, vous, les étrangers ! Vous croyez tout savoir sur tout, et pourtant vous avez toujours besoin qu'on vous explique ! C'est juste comme ça qu'on est par ici ! On vient de la nature, on reste nature, c'est si dur à comprendre ? Ici c'est chez nous, et je vois pas pourquoi on devrait changer pour faire plaisir aux autres. Et puis de toute façon, on n'est pas faits pour votre monde.

— Vous êtes pas différents, fit Simone d'un air proprement révulsé. Vous êtes juste des bêtes.

— Mais l'homme c'est une bête comme les autres, tu devrais le savoir... Surtout toi, la négresse ! Tu dois aimer le coin, y a beaucoup d'arbres dans les parages...

Simone essaya de lui cracher au visage, mais sa bouche était si sèche qu'elle n'expédia que quelques maigres postillons sur sa chemise. Il ne prit même pas la peine de s'essuyer.

— Cette fois, pas d'outils. Je vais te la faire à l'ancienne.

Il la retourna comme une crêpe sur le canapé, puis la manipula telle une poupée de chiffon. Sa poitrine se retrouva plaquée contre le dossier, dos cambré et fesses tendues vers lui. Il la maintint ainsi d'une main tout en se déboutonnant de l'autre.

— Et t'avises pas de me regarder sale pute, ou je te jure que je ferai durer le plaisir.

Son jean crasseux et son slip infect tombèrent à ses pieds, puis il s'astiqua quelques instants avant de soulever la robe de chambre légère, dévoilant la perfection inaltérée des fesses de Simone. Il la pénétra sans sommation, haletant dès le premier à-coup.

Assez vite Simone ressentit comme un étrange flottement dans la pièce. La levrette destructrice qu'elle craignait se faisait attendre. Malgré les mises en garde de Jim, elle se retourna vers lui.

— Me regarde pas ! éructa-t-il aussitôt.

Son regard revint vers le mur d'en face, sur lequel trônait un canevas figurant un cerf qui buvait au bord d'un lac mauve, sur fond de soleil couchant orangé. Et puis elle se mit peu à peu à sourire, avant d'éclater franchement de rire, sans pouvoir s'en empêcher. Jim lui asséna une claque magistrale sur la fesse droite.

— Je suis déçue, le provoqua-t-elle d'une voix hachée par ses va-et-vient. On dirait que tout est énorme chez toi, à part un léger détail...

— J'ai eu une dure journée, espèce de...

— Non, t'as juste le plus petit sexe que j'aie vu de ma vie. Mais c'est pas grave, ça arrive. C'est la nature, comme tu le dis si bien...

Jim gifla cette fois durement sa fesse gauche.

— C'est pour ça que tu te sers de ces foutus outils ! C'est parce que ta queue sert à rien, que t'es incapable de satisfaire une femme avec !

Sans cesser de la pilonner, il plongea alors une main dans les profondeurs de sa chevelure, puis tira sèchement sur sa prise. Elle ne put retenir un cri quand sa tête bascula en arrière, avant que Jim, grognant et trempé de sueur, ne plante son poing au creux de ses reins tel une enclume, incurvant son dos comme s'il voulait l'amener à son point de dislocation. Simone voulut le supplier d'arrêter, mais aucun son ne sortit de sa gorge, comprimée par la terrible traction de ses cheveux. Parler de cambrure devenait dérisoire, tant la ligne de sa colonne vertébrale était désormais tout près de former une boucle complète.

— Si t'as un dernier mot à dire, c'est maintenant ma chérie...

Jim s'apprêtait à lui briser le cou quand une fenêtre explosa soudain. Entre les bris de verre, une silhouette se redressa avec difficulté.

« J'ai vu un ours... » furent les seuls mots que Tom put prononcer.

Jim laissa choir Simone sur le canapé, comme s'il en avait asséché toute substance, puis remonta son pantalon et marcha vers Tom avec des intentions non dénuées d'agressivité, tandis qu'il reculait vers le mur en chancelant, sonné. Jim l'empoigna par le col, le souleva un mètre au-dessus du sol, et lui fit faire un vol plané à travers la pièce, l'envoyant s'écraser contre une cloison dont le bois amortit à peine l'impact. À demi assommé, il n'eut pas le temps de retrouver ses esprits. Jim fondit sur lui à petits pas, son pantalon lui descendant sur les chevilles, puis l'attrapa pour lui faire effectuer le voyage retour. Mais tandis qu'il était fin prêt à le catapulter, un lourd cendrier en verre vint le frapper au coin de la tempe, lui ouvrant l'arcade sourcilière. La douleur lui fit pousser un hurlement caverneux, et surtout laisser tomber sa proie sur le sol. De son côté, Simone était parvenue à choir du canapé puis à ramper jusqu'à l'objet, qu'elle avait lancé avec l'énergie du désespoir.

Se désintéressant de Tom, Jim voulut se ruer sur elle, plein d'une rage vengeresse, tout en remontant ce lâche pantalon qui l'empêchait de se mouvoir librement. Mais il avait un autre problème : les bras de Tom, enroulés autour de sa cheville droite. L'inextinguible culpabilité d'avoir abandonné ses amis le poussait en effet à embrasser un destin de boulet humain au pied du géant. Jim le traîna sur plusieurs mètres, puis tenta de secouer sa jambe. En dépit des coups et des chocs, Tom ne lâchait pas, plus effrayé à l'idée de trahir une nouvelle fois que par les horreurs que Jim pourrait lui faire subir. Pendant ce temps, Simone réussit à se traîner jusqu'à la bouteille de whisky qui avait roulé sur le sol. Profitant de la confusion, elle la brisa contre le coin de la table basse.

Tom n'était pas de taille, et sa résistance héroïque ne dura qu'un bref instant. Jim hâta la fin de la partie en lui assénant un coup de poing définitif derrière le crâne. Sa tête alla durement heurter le plancher, et ses bras lâchèrent prise. Soulagé, Jim put se redresser, pantalon à nouveau baissé et sexe à l'air libre, avec la ferme intention d'aller régler son compte à Simone une fois pour toutes. Se retournant, il la découvrit agenouillée face à lui, tesson de bouteille à la main. Sans lui laisser le temps de réagir, d'un geste étonnant de vivacité, elle s'empara de son pénis et dans le même mouvement plongea la lame translucide dans la chair molle. Frappé de stupeur, Jim ne se mit à hurler que lorsqu'elle jeta loin d'elle l'excroissance sanguinolente, qui atterrit au fond du saladier de sangria.

Le sang gicla par puissantes saccades, spectacle qui rappela à Simone les étés caniculaires de son enfance, où l'eau jaillie d'une bouche d'incendie rafraîchissait les habitants du quartier. Pleurnichant comme un petit garçon apeuré, Jim avait les mains plaquées sur son entrejambe, mais le saignement était impossible à calmer. Il se mit à reculer, effrayé par Simone maculée de rouge, et trébucha sur Tom étendu sur le sol. Il tomba lourdement, puis lui arracha son tee-shirt en se relevant, le faisant au passage émerger de sa torpeur. Il plaqua ensuite le tissu sur la plaie, mais les fibres se gorgèrent de sang en quelques instants. Il parcourut la pièce, pathétique, en quête d'un secours qui n'existait pas. Ses forces le quittèrent rapidement, et son pas s'affaissa. Quand il mit un genou à terre, Tom lui sauta dessus et parvint à le faire tomber en arrière. Il tenta de l'étrangler, mais même dramatiquement diminué, Jim restait encore trop fort pour être vaincu. Armée du double gode, Simone porta l'estocade. Elle le planta dans le gouffre nauséabond qui lui servait de bouche, puis poussa aussi fort qu'elle put. La moitié de l'interminable cylindre de caoutchouc disparut ainsi, avant que Tom ne joigne ses efforts aux siens. Épuisé, étouffé, Jim ne fut plus en mesure de lutter. Le godemiché finit par s'évanouir entièrement dans sa trachée.

Comme choqués par l'acte qu'ils venaient de commettre, Simone et Tom reculèrent de quelques pas, et virent le corps de Jim s'agiter de dernières convulsions, avant de s'immobiliser à jamais, le gland d'un gode couleur chair aux bords des lèvres.

*

Après avoir récupéré la clé du pick-up dans le pantalon de Jim, qui n'était plus qu'une serpillière trempée de sang, Tom soutint Simone à travers la pinède, jusqu'à atteindre le chalet. Quand ils pénétrèrent dans la clairière, Hortense était à genoux devant le porche, regard errant dans le vague, paumes tendues vers le ciel. Elle eut d'abord du mal à croire que ses amis s'extrayaient réellement de la forêt, puis se leva d'un bond, comme pour donner le coup de pied au fond de la piscine dans laquelle elle se noyait. Elle courut vers eux en pleurant, et tous se tombèrent dans les bras les uns des autres.

— Il est mort ? Le dernier de ces cinglés, est-ce qu'il est mort ?

— Il nous embêtera plus, répondit Tom, en se disant que le terme choisi tenait largement de l'euphémisme. Simone s'est occupée de lui, ajouta-t-il avec plus de fierté que s'il l'avait fait lui-même.

Simone découvrit le corps de Stan, cloué au sol par la gorge. Des larmes coulèrent sur ses joues. Tom posa la main sur sa nuque, et amena doucement son visage au creux de son épaule.

— Je suis sûr qu'il est mort comme un homme, fit-il avec solennité, reprenant là les mots de Jim, à l'exception de quelques-uns.

Simone laissa passer un instant, touchée, puis ouvrit les yeux et se dégagea de l'étreinte.

— Comment ça, tu es « sûr » qu'il est mort comme un homme ? T'étais pas là ?

— Je... je me suis juste mal exprimé, se reprit-il maladroitement. Allez, tirons-nous d'ici maintenant, enchaîna-t-il, embarrassé.

C'était moins une, se dit-il en emmenant Simone vers le pick-up, épaulée sur son autre flanc par Hortense. Ils évitèrent les cadavres qui commençaient à pourrir au pied du véhicule, puis purent enfin monter à bord. Comme dans les mauvais films de genre, ils craignirent que le sort ne leur joue un dernier mauvais tour, mais lorsque Tom tourna la clé, le moteur démarra sans accroc. Le pick-up brinquebala jusqu'au chemin qui reliait le chalet au reste du monde, et ils laissèrent le cauchemar derrière eux pour toujours.

13

Sans une attention ni même un seul regard pour elle, le trio avait laissé la pauvre Marie attachée à son poteau. C'est un ultime rugissement du pick-up qui la sortit de sa léthargie. Elle releva faiblement la tête pour le voir quitter la clairière. Simone, Hortense et Tom n'entendirent rien de ses appels à l'aide, murmurés du fond d'une gorge aphone.

Puisant dans ses dernières énergies, elle tenta une nouvelle fois de forcer le fil de fer qui enserrait ses poignets, mais les garçons l'avaient trop solidement noué, et elle ne fit qu'aggraver ses blessures. Sans libérer ses mains de leurs entraves, elle n'avait aucune chance de s'attaquer à celles qui la scellait au poteau.

Alors que le toit l'en avait jusque-là protégée, les rayons du soleil déclinant l'atteignirent aux pieds, avant de se répandre peu à peu à la surface de sa peau si fragile, que la Mère lui avait interdit de découvrir depuis son plus jeune âge. La brûlure s'étendit sur son corps tout entier, intense et douloureuse, réduisant les larmes qui lui coulaient sur les seins en une traînée de sel. Une fièvre lancinante enveloppa sa vue d'un halo troublé, et elle eut l'impression d'être face à elle-même, et de voir à travers son corps nu, meurtri, prisonnier de ce pilier de bois, la figurine à couronne d'épines attachée à une croix qui trônait au-dessus du lit de la Mère.

Bientôt la chaleur devint insupportable, et Marie se sentit décoller, résignée à disparaître. Toutefois une bizarre sensation s'empara d'elle, comme si son entrejambe était à deux doigts de l'ébullition. Étaient-ce là les premières flammes de la Mort qui venaient ainsi la lécher ? Elle baissa la tête, au bord de l'inconscience, et vit derrière la brume qui voilait ses yeux la douce et inoffensive chèvre familiale. Elle se tenait là, à ses pieds, ses oreilles caressant l'intérieur de ses cuisses, et sa langue s'activant avec générosité. Bien vite, le puits de chaleur devint hors de contrôle, et le feu embrasa chaque parcelle de son corps.

Marie leva les yeux vers le dieu Soleil, traversée de vibrations inconnues. L'extase, la seule, l'authentique, elle était en train de la vivre, au présent, et cela ne voulait pas s'arrêter. Si elle devait embrasser la Mort à cet instant, alors elle le ferait dans cet état de ravissement béat, et pas autrement.

Oui, c'est à peu près ce que se disait Marie, tandis qu'à l'orée de la clairière, une espèce de grosse peluche pointait le bout de son nez.

LE CATALOGUE DU TRIPODE

JACQUES ABEILLE & LÉO BARTHE

Les Jardins statuaires

Le Veilleur du jour

Les Barbares

La Barbarie

Les Mers perdues

Les Voyages du fils

Chroniques scandaleuses de Terrèbre

La Grande Danse de la réconciliation

ROBERT ALEXIS

L'Homme qui s'aime

Le Majestic

JEAN-BAPTISTEALMÉRAS

Peut mieux faire

BERNARD AMY

L'Alpiniste

Anabase – l'esprit de la montagne (avec J.- M. Rochette)

SERGIO AQUINDO & PIERRE SENGES

Cendres des hommes et des bulletins

NICOLÁS ARISPE

Le Livre

STEPHEN BENATAR

La Vie rêvée de Rachel Waring

Daisy, Daisy

KENNETH BERNARD

Extraits des archives du district

La Femme qui pensait être belle

BOLL

Le Vaillant Petit

Tambour Major

L'affaire est dans

le sac en papier

ANNA BOULANGER

Le Haret québécois

Birds

L'Absence

CÉCILE BRIAND

Où faire pipi à Paris ?

OLIVIER BRUNEAU

Dirty Sexy Valley

ERMANNO CAVAZZONI

Les Idiots

Les Écrivains inutiles

BÉRENGÈRE COURNUT

Née contente à Oraibi

PIERRE CENDORS

Archives du vent

Minuit en mon silence

PATRICK DA SILVA

Au Cirque

RÉMI DAVID

Lava

RÉMY DISDÉRO

L'Homme au sexe usuel

DENIS DUBOIS

On the Beach

Zoo

Ecce Homo

CÉCILE GAMBINI

Au secours mémé

EDWARD GOREY

Les Enfants fichus

Le Couple détestable

Total Zoo

L'Invité douteux

L'Enfant guigne

L'Aile ouest

La Vague déchaînée

La Harpe hagarde

Le Testament d'Awdrey Gore

Les Jumblies

Le Rapetissement de Treehorn (avec Florence P. Heide)

Le Trésor de Treehorn (avec Florence P. Heide)

Le Souhait de Treehorn (avec Florence P. Heide)

Les Histoires de Donald (avec Peter F. Neumeyer)

EDGAR HILSENRATH

Fuck America

Le Nazi et le Barbier

Nuit

Orgasme à Moscou

Le Conte de la dernière pensée

Le Retour au pays de Jossel Wassermann

RAFAEL HORZON

Le Livre blanc

JORGE IBARGÜENGOITIA

Le tyran meurt au quatrième coup

ANDREÏ IVANOV

Le Voyage de Hanumân

ANDRUS KIVIRÄHK

L'Homme qui savait la langue des serpents

Les Groseilles de novembre

Le Papillon

HADRIEN KLENT

Et qu'advienne le chaos

La Grande Panne

MICHAEL KÖHLMEIER

Manger ou être mangé

SAMUEL LÉVÊQUE

Toto, 30 ans

VALÉRIE MANTEAU

Calme et tranquille

RAPHAËL MELTZ

Urbs

JEAN-PIERRE MINAUDIER

Poésie du gérondif

JEAN-JACQUES PAUVERT

Sade vivant

ANGELO PELLEGRINO

Goliarda Sapienza telle que je l'ai connue

MARIE REDONNET

La Femme au colt 45

Héritières

EMMANUEL RÉGNIEZ

Notre château

YAK RIVAIS

Aventures du général Francoquin au pays des frères Cyclopus

JACQUES ROUBAUD

Ode à la ligne 29 des autobus parisiens

Tokyo infra-ordinaire

ANTONIO RUBINO

Animaux bien élevés

Belles lettres

Numérette

Moi, Âne premier

O de Giotto

Roi Bife

MARIE-LUCE RUFFIEUX

Les Jurons

D.A.F. DE SADE

Les 120 Journées de Sodome

JUAN JOSÉ SAER

Glose

L'Ancêtre

CHARLOTTE SALOMON

Vie ? ou Théâtre ?

GOLIARDA SAPIENZA

L'Art de la joie

Moi, Jean Gabin

L'Université de Rebibbia

Les Certitudes du doute

Rendez-vous à Positano

TOPOR

Défouloir

SIGOLÈNE VINSON

Le Caillou

FABIO VISCOGLIOSI

Ma vie de garçon

MAROUSSIA VOSSEN

Chris Marker (le livre impossible)

JONATHAN WABLE

Six photos noircies

LOUIS WOLFSON

Ma mère, musicienne...

CHARLES STEVENSON WRIGHT

Le Messager

Les Tifs

FABIENNE YVERT

L'Endiguement des renseignements

Papa part, maman ment, mémé meurt

Télescopages

Sampler

Rose & Madeleine (avec Véronique Vassiliou)

ALI ZAMIR

Anguille sous roche

NICOLAS ZEISLER

Beauté du geste

*

Dans l'effroi,
les rires et la bonne humeur,
nous avons achevé la conception
de cet ouvrage au mois d'avril 2017,
pour l'anniversaire de l'auteur,
et en avons confié la fabrication
aux imprimeries Corlet, si bien pourvues
en machines de toutes sortes.
Elles lui donnèrent avec tendresse
un numéro d'imprimeur : 189507.
Nous avions choisi, pour notre part,
de le baptiser d'un International Standard
Book Number (ISBN) : 9-782-37055-130-6.
Le livre a été entièrement conçu en France,
et on le déclara ainsi au dépôt légal.
C'était au beau printemps 2017,
et on se dit que, décidément,
ce livre était né bien doté.

*